KB115310

PERFECT ROAD

전진검 장편 소설

FUSION FANTASTIC STORY

퍼펙트 로드 5

전진검 장편 소설

초판 1쇄 찍은 날 § 2015년 12월 17일
초판 1쇄 펴낸 날 § 2015년 12월 24일

지은이 § 전진검
펴낸이 § 서경석

편집책임 § 이재림

펴낸곳 § 도서출판 청어람
등록번호 § 제387-1999-000006호
등록일자 § 1999. 5. 31
어람번호 § 제1-2318호

주소 § 경기도 부천시 원미구 부일로 483번길 40 서경B/D 3F (우) 14640
전화 § 032-656-4452 팩스 § 032-656-4453
http://www.chungeoram.com
E-mail § chungeorambook@daum.net

ⓒ 전진검, 2014

ISBN 979-11-04-90565-0 04810
ISBN 979-11-316-9150-2 (세트)

PERFECT ROAD

퍼펙트 로드

⑤

[완결]

전진검 장편 소설

FUSION FANTASTIC STORY

도서출판 청람

PERFECT ROAD

퍼펙트
로드

CONTENTS

제1장

능력자의 힘

강혁호를 따라 내려가자 어지간한 학교 운동장만 한 체육관이 나타났다. 사방에 거울이 설치되어 있었고, 바닥에는 은색 매트까지 깔려 있는 제대로 된 장소였다.

　"회사 건물에 이런 게 있어?"

　"자신을 갈고닦는 것을 게을리하는 것은 자신에 대한 죄라네."

　강혁호의 말을 들으며 주변을 살펴보았다.

　거울이나 매트, 혹은 여기저기 있는 장비들에 손때가 묻어 있다.

단순한 보여주기용이 아닌 실제로 사용하고 있다는 소리
다.

현준이 체육관을 돌아보는 사이 강혁호가 말했다.

"옷 좀 갈아입고 올 테니 이용하고 있게나."

"그러지."

헬스 기구는 물론이거니와 무게별 덤벨, 아령 등 없는 게
없었다. 게다가 사방이 거울로 되어 있어 어디서 운동을 하
던 자신의 운동 자세를 볼 수 있었다.

"대단한 노인이야."

현준의 혼잣말에 아린이 고개를 끄덕였다.

현준은 능력을 얻은 이후로 운동을 한 적이 없다. 그도
그럴 것이, 운동을 하지 않아도 온몸에 힘이 넘치는데다가
아무것도 하지 않아도 몸에는 잔 근육이 자리를 잡고 있었
다.

게다가 어지간한 전신개조자보다 힘까지 강하니 무엇하
러 운동을 하겠는가.

지금 당장 한 손가락으로 팔굽혀펴기를 하래도 할 자신
이 있었다.

강혁호 또한 늙긴 했지만 능력자이니 운동을 하지 않아
도 건강을 유지할 수 있을 것이다.

항상 입는 정장 위로 보이는 몸의 형태만 보더라도 어지

간히 단련된 육체임을 알 수 있었다.

그게 당연한 건 줄 알았는데, 운동을 통한 것이었다니.

현준은 작지만 새로운 것을 깨닫고는 주변을 둘러보다가 바벨을 발견했다. 집 근처 헬스장에서도 흔히 볼 수 있는 크기의 바벨이라 현준은 아무런 생각 없이 양손으로 바벨을 들었다.

"억!"

드는 순간 억 소리가 절로 나왔다.

"뭐야, 이거?"

바닥에 붙은 건가?

현준은 힘을 실어 바벨을 발로 밀어보았다. 그러자 바벨이 조금 움직였다.

그러자 관심이 생긴 아린이 다가와 물었다.

"뭔데?"

"잠깐만."

아린이 다가오자 오기가 생긴 현준이 바벨 앞에 서서 허리를 굽혔다. 바벨을 쥐고 온 신경을 집중했다.

바벨은 움찔거리기만 할 뿐, 꿈쩍도 하지 않았다. 현준의 얼굴이 금방이라도 터질 듯 빨개졌다.

"끄으으으으!"

"오!"

신음과 함께 바벨이 조금 떠올랐다.

그 순간 현준은 바벨을 놓쳤다.

쾅!

바벨이 매트에 떨어지며 굉음이 체육관을 울렸다.

이런 소리가 날 줄 모른 아린과 현준은 동그래진 눈으로 서로를 바라보았다.

"하하, 놀랄 것 없네."

그때 트레이닝복으로 갈아입은 강혁호가 현준에게로 다가왔다.

"자네도 대단하구만. 이거 무게가 얼마나 될 것 같나?"

"모르겠는데."

강혁호가 바벨 앞에 서서 심호흡을 하곤 바벨을 쥐었다. 딱 달라붙은 트레이닝복 덕에 그의 팔 근육이 일어서는 것이 보였다.

"1톤!"

말과 동시에 바벨이 들렸다.

딱히 능력을 쓰지도 않고 1톤의 바벨을 든 것이다. 바벨을 허리 높이까지 든 강혁호는 바벨을 원래 자리에 놓아둔 뒤 이마에 흐른 땀을 닦았다.

"맙소사!"

"자네도 조금만 훈련하면 가능할 걸세."

"저게 1톤이라고?"

바벨 끝에 달린 금속 뭉치는 2L짜리 물통 두 개를 달아놓은 크기였다. 저런 게 1톤이라니.

─오스뮴을 가공한 오스탈리움이라는 것이다. 무겁고 단단한 대신 부러지기 쉬워 건축에도 쓰이지 않는 금속이도다. 저런 식으로 쓸 것이라곤 만든 사람도 생각하지 못했을 것이도다.

"오스탈리움이라는 금속일세."

메시아의 설명이 끝나기가 무섭게 강혁호가 덧붙였다. 현준은 고개를 끄덕이곤 바벨 앞에 서보았다.

"능력을 얻고서도 계속 운동을 하는 건가?"

"그렇다네. 능력을 얻기 전에도 운동을 했지. 능력을 얻고 난 후부터는 어떤 운동을 해도 개운하지가 않더군."

현준이 고개를 끄덕였다.

이 지치지 않는 육체로는 운동을 해봤자 운동을 했다는 성취감을 얻기 힘들 것이다.

"땀 한 방울 나지 않는 육체가 되니까."

"그렇지. 그래서 더욱 열심히 했네. 지칠 때까지 몇날 며칠을 운동하고 또 움직였다네. 그러다 하나를 깨달았지."

강혁호가 말을 줄였다. 그는 마치 동화의 결말을 이야기해 주기 직전의 할아버지들이 지을 법한 표정으로 현준을 바라보고 있다.

"뭔데?"

"일단은 '전력 운동법'이라 부르고 있네만, 내가 맨입으로 말해주길 바라는가?"

"세상에 공짜 싫다는 사람도 있나?"

"공짜로 주기는 언제나 싫은 법이라네."

역시 연륜.

간단한 말싸움에서도 절대 밀리는 법이 없다.

"내가 강해지면 당신도 좋지 않나?"

"그렇긴 하지만⋯ 늙은이의 소소한 즐거움이라 해두지."

현준은 피식 웃고 대답했다.

"그래, 뭘 바라지?"

강혁호가 체육관의 중앙을 향해 발걸음을 옮겼다. 자연스럽게 현준의 시선도 그를 향해 돌아갔다.

"자네가 알지 모르겠지만, 삶을 살아가다 보면 호승심이라는 게 생긴다네. 이기고 싶다는 마음이지."

현준은 고개를 끄덕였다.

얼마 전 강혁호가 블랙 스타를 제압할 때 든 마음이 호승심이다. 저 사람과 겨루어보고 싶다. 나아가 이기고 싶다는 심정.

"자네 눈빛을 보니 알고 있는 것 같군. 뭐, 불도깨비라는 이름을 얻기까지의 과정이 있으니 그럴 법도 하군. 어쨌거나 나는 자네에게 호승심을 느꼈네. 능력자와 힘을 겨룰 기회는 많지 않거든."

"나도 마찬가지야."

현준의 대답에 강혁호가 미소를 지었다.

"굳이 부탁할 필요도 없겠구먼. 내가 원하는 건 대련이네. 어차피 가상 회담이 열릴 때까지 기다리는 일 말고는 할 것이 없지 않나?"

"그건 그렇지."

"그럼 오늘뿐만 아니라 앞으로도 이주 동안 죽 나와 대련하는 게 어떻겠나?"

현준이 헛웃음을 터뜨렸다.

오늘 이곳에 온 이유가 그것을 부탁하기 위해서였는데 저쪽에서 먼저 말해주니 고마울 따름이다.

현준은 생각하는 듯 턱을 매만졌다. 가면의 차가운 느낌에 그제야 자신이 가면을 쓰고 있다는 것을 인지했다.

마치 맨얼굴처럼 편안했다. 게다가 시야 또한 아무런 불편함이 없었기에 잠깐 잊고 있었다. 현준은 잠시 가면을 생각하며 시간을 때우다가 말했다.

"그렇게 하지. 그럼 당신이 만든 전력 운동법, 그것을 알려준다는 건가?"

"그렇지."

"그래, 그럼 대련부터."

현준이 강혁호의 앞으로 가서 섰다. 강혁호는 왼 주먹은 턱 밑에, 오른 주먹은 오른 허벅지 옆에 두는 이상한 자세를 취했다.

"무슨 무술이지?"

"내가 개발한 무술일세. 아직 이름은 없고, 이 자세는 기수식(起手式)이라 하네. 전투를 시작하기 전의 자세이지."

현준도 고개를 끄덕이고는 그의 앞에서 자신만의 기수식을 취했다. 가상 세계에서 전투를 벌이며 몸으로 체득하고 만든 박투술의 기본자세이다.

강혁호의 눈에 이채가 떠올랐다.

"자네 또한 신기한 무술을 사용하는군."

"나도 내가 만든 무술이지."

"그럼 먼저 오게나."

현준은 거절하지 않고 주먹을 내질렀다. 타격을 주려는 것보다는 상대의 힘을 재보려는 것이다.

현준의 주먹이 강혁호의 얼굴에 닿기 직전, 그의 턱 아래 숨어 있던 왼 주먹이 현준의 주먹을 올려쳤다.

현준은 손을 빗겨 그의 주먹을 피하고 반동을 이용해 오른 주먹으로 강혁호의 턱을 노렸다. 강혁호의 왼 주먹이 허공을 가르고 있는 상황인데다 오른 주먹이 올라오기에는 늦었다.

그렇다고 뒤로 물러서게 된다면 현준의 공격이 계속될 것이다.

자신의 공격이 성공할 것이라 예상한 현준은 다음 공격을 준비하며 한 걸음 앞으로 내디뎌 몸의 중심축을 앞발로 옮겼다.

그 순간, 강혁호가 몸을 낮추며 현준의 앞발을 걸어찼다.

강혁호의 발이 날아오는 순간 현준은 중심을 잃지 않기 위해 다리에 힘을 주었다.

쿠웅!

살과 살이 부딪쳤는데 공기가 터지는 소리와 함께 강혁호의 바지가 찢어졌다. 그와 동시에 본격적인 싸움이 시작되었다.

옆에서 지켜보는 아린이 혀를 내둘렀다.

순식간에 수십 번의 합이 교환되었다.

허공에서 주먹과 발이 맞부딪칠 때마다 공기가 터지고 강혁호의 옷이 휘날렸다. 그에 비해 현준의 옷은 멀쩡했다.

한 호흡이 남는 사이 강혁호가 뒤로 물러서서 숨을 내쉬며 말했다.

"자네, 좋은 옷을 입는구먼."

현준은 피식 웃고는 자신의 다리를 내려다보았다.

내색하고 있진 않았지만 마치 차에 치이기라도 한 듯 온 몸이 쑤셔왔다. 능력을 얻은 이후 오랜만에 느껴보는 고통이다.

그에 반해 강혁호는 멀쩡해 보였다.

"다시 가지."

현준은 이를 악물고 다시 강혁호를 향해 달려들었다.

마치 거대한 종을 상대하는 기분이다. 때릴 때마다 반응은 있었지만 그렇다고 데미지가 누적되는 느낌은 아니었다.

게다가 자신의 몸만 아파오니 자신도 모르는 사이 강혁호가 능력을 사용하고 있는 게 아닐까 하는 생각까지 들었다.

현준은 호승심을 넘어서 자존심이 일어서는 것을 느꼈다. 그와 동시에 몸속에서 잠들어 있던 불의 기운이 현준과 반응해 서서히 용틀임했다.

현준이 한 걸음 물러나 호흡을 끊었다가 다시 달려든 순간 현준의 등에서 불길이 일었다. 아린의 눈이 동그래지고 강혁호는 재빨리 물의 힘을 일으켜 현준의 힘을 받아냈다.

불과 물이 만나 순식간에 자욱한 안개가 피어올랐다.

—사용자여, 진정하도록. 그 건물은 사용자의 불길을 받

아낼 수 없도다.

"여기선 안 된다네."

아린 또한 자리에서 일어나 현준을 바라보고 있다.

자욱한 안개 사이에서 현준은 눈을 감아 불의 힘을 가라앉히며 심호흡을 계속했다. 벽 쪽으로 향한 강혁호가 버튼을 조작하자 환기 시스템이 가동되며 빠른 속도로 안개가 사라졌다.

안개가 사라지고 나자 강혁호와 아린이 현준의 눈에 들어왔다.

강혁호가 잘 막아준 덕인지 주변까지 불이 번지진 않은 모양이다.

"…폐를 끼쳤군."

"아닐세. 다음부터는 장소를 옮겨야겠어. 싸움이 조금만 더 격해졌다가는 E 파이낸셜 본사가 테러를 당했다는 기사가 나오겠어."

현준은 고개를 끄덕이고 말했다.

"갈 만한 곳이 있나?"

현준의 물음에 강혁호가 홀로그램을 띄워 달력을 보았다. 팔짱을 낀 채 무언가를 계산하던 강혁호가 말했다.

"열흘 정도 해외에 나갈 생각 있나?"

"해외?"

"내 소유의 섬이 하나 있네. 인공 섬이긴 하지만 봐줄 만하지. 그곳이라면 누구의 감시도 없고 힘 또한 마음껏 쓸수 있다네. 물론 그곳에 가려면 자네가 나를 믿어야겠지만……."

메시아가 말한 '섬 몇 개 살 수 있는 돈'이란 말이 떠올랐다. 몇 개 살 수 있는 돈이니 하나쯤은 가지고 있는 거구나. 현준이 잡생각을 하며 판단을 보류하고 있을 때 메시아가 말했다.

―좌표를 물어보거라, 사용자여.

"좌표가 어떻게 되지?"

강혁호는 의아한 눈으로 홀로그램을 띄워 섬의 위치를 보여주었다. 현준은 짐짓 고민하는 척하며 메시아가 말하길 기다렸다.

이윽고 메시아가 말했다.

―이상 없는 곳이도다. 그리고 분석 결과 저자의 전투 방식이 사용자의 전투력을 올려주는 데 상당한 도움이 될 것이라 판단되도다.

"결정했다."

"어떻게 할 텐가?"

"가도록 하지."

"잘 생각했네. 그 옆의 분도 가실 텐가?"

아린이 천천히 고개를 끄덕이곤 말했다.

"그래."

현준과 같은 무저갱에서 울리는 듯한 목소리다.

"그럼 내일 아침 같은 방법으로 오게나. 헬기를 준비해 두지."

현준은 고개를 끄덕이곤 아지트로 돌아왔다.

개인 전용기.

영화 같은 미디어 매체에나 등장하는 것에 직접 오른 현준은 신기하다는 티를 내지 않기 위해 부단히 노력했다.

영화에서 보던 것처럼 몇 개 되지 않는 좌석과 음료들이 있고 고풍스러운 디자인이 현준과 아린을 맞이했다.

아린은 자기 집 안방인 양 좌석에 편히 기대 현준을 바라보았다. 그에 반해 현준은 좌석에 앉아 꼿꼿이 허리를 편 채로 창밖을 바라보았다. 그런 현준의 모습을 보며 강혁호가 말했다.

"너무 긴장하지 않아도 되네. 비행기는 처음 타보나?"

"긴장 안 했어. 비행기를 처음 타는 것도 아니다."

강혁호는 껄껄 웃고서 말했다.

"출발하지."

"예."

강혁호의 말에 기장으로 보이는 사내가 조종실로 들어가 문을 닫았다. 강혁호가 안전벨트를 매자 현준 또한 그를 따라 안전벨트를 맸다.

"한두 시간 정도 걸릴 걸세."

조금의 떨림과 함께 비행기 엔진이 돌아가는 소리가 들렸다. 현준은 꿀꺽 침을 삼키며 물었다.

"이봐, 아무리 어둠의 조정자라지만 개인 소유의 비행기를 가지고 있는 게 말이 되나?"

"안 될 건 뭐가 있나? 대한민국은 자본주의 사회일세. 즉 돈만 있으면 무엇이든 가능하다는 소리지. 그리고 E 파이낸셜 회장이 전용기 하나 없어서 되겠나."

"모든 구역의 조정자들이 전용기를 가지고 있어?"

"뭐, 성향 나름이겠지. 다른 이들의 재산 목록까지는 모른다네. 대부분 글로벌한 사업을 하고 있을 테니 전용기 한두 대쯤은 가지고 있지 않겠나?"

"누가 들으면 전용기가 애완동물 이름인 줄 알겠어."

현준의 반응에 강혁호는 어깨를 으쓱하고서 바에 놓인 술병을 하나 꺼내들었다.

"이름을 알려줄 필요는 없겠지. 어쨌거나 좋은 술인데, 한잔하겠나?"

현준이 고개를 끄덕이자 강혁호가 직접 일어서서 잔을

꺼냈다. 어느새 비행기는 구름 위에 올라 안정적으로 비행하고 있었다.

강혁호가 내민 잔을 받아 들자 갈색 액체를 반쯤 채워주었다. 현준이 한 모금 마시려는 순간 아린이 손을 내밀었다.

"뭐?"

"나도 줘."

"너, 술 마셔?"

현준이 대답하며 잔을 내밀자 아린은 대답 없이 잔을 받아 들고 한 모금을 삼켜 혀를 굴리며 맛을 음미했다.

"윈저 다이아몬드 주빌리."

아린의 말에 현준이 의아해하자 강혁호가 박수를 쳤다.

"술은 이쪽이 더 잘 아는 모양이군. 맞네, 전 세계에 몇 병 없는 술인데 마셔본 적 있는 모양이구먼."

아린은 천천히 고개를 끄덕이고는 잔을 바라보았다.

─강혁호가 꺼낸 술은 파는 술이 아니도다. 50년 이상 숙성시킨 원액과 최고의 맛과 향을 지닌 것으로 평가 받는 희귀 원액을 블랜딩해 만들어졌고… 말해줘도 모를 테니 가격만 말하겠노라. 병당 1억 조금 넘는다고 보면 되노라.

현준의 턱이 벌어졌다.

병당 1억이라니?

"당신, 도대체 얼마나 부자인 거야?"

"이미 내 재산 목록을 훑지 않았나? 아니면 내 입으로 말하길 원하는 건가?"

대한민국이라는 조그만 나라, 거기서도 중산층 아래 계층이 사는 E구역의 조정자라 해서 얕보았는데 그런 상대가 아니었다.

가진 힘도 그렇거니와 금력 또한 엄청나다. 전용기, 게다가 병당 1억씩 하는 위스키를 마실 정도라니.

물론 현준에게 보여주기 위한 퍼포먼스일지도 모르지만 이런 술을 마신다는 것 자체가 놀랄 노 자였다.

아린 또한 마찬가지.

뭐 하는 여자가 위스키를 맛보는 것만으로 이름을 알아낸단 말인가.

그것도 1억짜리 술을.

그때 강혁호가 잔을 하나 더 꺼내 현준에게도 한 잔 건넸다.

한 모금을 마시니 입안이 쓰다 못해 저릿저릿했다. 그리고 목으로 넘김과 동시에 용암을 삼킨 듯 목과 식도, 위장까지가 타들어 가는 느낌이 들었다.

"후우우."

간신히 숨을 뱉자 달큰한 과일 향이 올라왔다.

이런 게 1억이라니.

현준은 반쯤 남은 잔을 슬쩍 보고는 창밖으로 고개를 돌렸다.

어느새 비행기는 바다를 건너고 있었다. 섬도 배도 없는 망망대해를 구경하던 현준의 눈에 거대한 포말이 보였다.

무언가 지나간 흔적인 듯 새하얀 포말은 비행기의 반대 방향을 향해 일고 있었다. 포말의 크기를 보아 거대한 배라도 지나간 것이 분명했다.

창밖을 보다 잠깐 눈을 붙인 사이 비행기가 착륙했다.

기나긴 활주로에 내려서자 차 한 대가 일행을 마중 나와 있다.

섬은 조그마했다.

물론 현준이 아는 섬 중에 조그맣다는 거지, 비행기가 이착륙할 수 있는 활주로와 관제탑, 그리고 널따란 모래사장과 푸른 산, 적당한 크기의 호텔까지 있었다.

"이런 섬이 자신의 소유면 기분이 어때?"

강혁호는 잠시 고민하다 말했다.

"자네는 어릴 때 부모님이 사주신 장난감을 가지고 논 적이 있나?"

"있지."

"처음 가졌을 때 어떻던가? 세상을 다 가진 기분이었지?"

"뭐, 그랬겠지."

"하루가 지나고 일주일, 한 달이 지났을 땐 어떻던가?"

"슬슬 질리겠지. 잊어갈 테고."

"섬도 똑같다네. 무엇이든 내 것이 되는 순간 익숙해지고, 곧 잊힌다네. 섬 또한 별다를 것 없어."

현준은 고개를 끄덕였다.

어릴 적엔 장난감, 조금 커서는 컴퓨터, 전자기기 등 가지고 싶은 것들이 막상 갖게 되었을 때는 세상을 다 가진 것처럼 신나고 흥분되지만 갈수록 흥분은 사라지고 익숙해지게 되며 종국에는 그저 그렇게 된다.

강혁호에게는 돈이란 것이 그런 것인 모양이다.

"이해는 되지만 가져본 적이 없어서 모르겠군."

"자네가 원한다면 이 섬도 자네 것이 될 수 있네. 재산 목록을 모두 가지고 있는데다 그 정도 실력 있는 해커를 데리고 있을 정도면 일도 아니지 않나."

강혁호는 메시아를 능력 좋은 해커로 생각하고 있었다. 하긴 초 인공지능이라 생각할 수 있는 사람이 세상에 존재하기는 할까.

현준은 고개를 휘휘 저어 잡념을 털어버리고는 산에 시선을 두었다.

"일단은 섬을 좀 둘러보고 싶은데, 괜찮겠나?"

"그럼. 자네 마음대로 하게나. 둘러보고 호텔로 오게."

"그러지."

강혁호는 호텔로 향하고 아린은 현준을 따라왔다.

현준과 아린은 별말 없이 섬을 걸었다. 해변가를 따라 걷던 현준이 말했다.

"주변에 우릴 보는 눈이 있나?"

물론 현준과 아린을 감시하는 사람은 없었다. 현준의 감만으로도 섬 안에 몇 명이 어디에 있는지를 알 수 있다. 현준이 물은 것은 전자 장비였다.

잠시 후 메시아가 답했다.

─없도다.

"그럼 마스크를 벗어도 되겠지?"

─주위에 사용자를 발견할 만한 눈은 없는가?

"응."

현준은 대답하며 마스크를 해체했다. 옆에서 현준을 지켜보고 있던 아린 또한 마스크를 벗고 머리를 털었다.

긴 머리가 마스크 안에 들어 있어 답답했는지 샴푸 광고를 찍는 모델처럼 몇 번 머리를 턴 아린이 현준을 바라보았다.

현준과 눈을 마주친 아린이 물었다.

"섹시해?"

"뭐?"

"연구 결과 여자가 긴 생머리를 털면 94%의 남성이 섹시하다고 느낀대."

현준이 아린의 몸을 위아래로 훑었다.

아린은 자신감이 넘치는 듯 가슴 아래로 팔짱을 끼고 짝다리를 짚었다. 객관적으로 보면 훌륭한 몸과 얼굴이다.

하도 옆에 두다 보니 무뎌져서 그렇지.

"아."

"왜?"

"아까 강혁호가 했던 말, 섬을 샀다는 사실에 익숙해졌다는 거, 무슨 뜻인지 이해했어."

미녀인 아린이 옆에 있다 보니 눈에 익어 아름답다는 사실이 무뎌지는 것과 같은 것이다. 현준은 다시 한 번 아린을 꼼꼼히 살펴보았다.

큰 눈과 오뚝한 코, 적당히 붉은 입술과 가지런한 치아, 긴 머리, 비율 좋은 몸매 등 어디를 보아도 미녀의 표본이라 할 만한 사람이다.

이런 상황이 아닌 다른 상황에서 만났더라면 말도 붙이지 못했을 정도의 미인. 현준은 조용히 고개를 숙여 하늘에 감사한 뒤 아린에게 손을 내밀었다.

그러자 아린이 현준의 손을 잡았다.

둘은 잠시 동안 아무런 말없이 해변을 걸었다.

＊　　　　＊　　　　＊

크기만 봐서는 호텔이라 부르긴 힘들지만, 시설만큼은 여느 호텔에 못지않은 건물에서 식사를 마친 세 사람은 호텔 근처의 공터로 나왔다.

"그럼 대련을 시작하지."

"그러도록 하지. 이번에는 힘을 개방하는 게 어떤가?"

현준의 눈이 사용인들에게로 향했다. 그러자 현준의 시선이 뜻하는 바를 눈치챈 강혁호가 말했다.

"저들은 믿어도 되는 사람들이네. 그래도 불안하다면 자리를 비켜 달라고 하겠네."

"그렇게 하지."

강혁호가 고개를 끄덕이고서 사용인들에게 무어라 말하자 사용인들이 호텔로 돌아갔다. 곧 셋이 남게 되자 현준의 몸에서 불이 피어올랐다.

강혁호는 몸 근처에 물로 이루어진 구 세 개를 만들어냈다.

"시작할까?"

"먼저 오게나."

현준은 거절하지 않고 불꽃으로 강혁호를 공격했다. 어지간한 금속마저 녹여 버리는 현준의 불꽃이 빠르지도 느리지도 않은 속도로 강혁호에게로 쏘아졌다.

그러자 강혁호를 감싸고 있던 물의 구들이 넓게 퍼지며 벽을 만들어내 불길의 침입을 막아냈다. 순식간에 안개가 일어나며 두 사람을 가렸다.

구경하고 있던 아린의 미간에 주름이 졌다.

"안개!"

아린의 말과 동시에 현준이 손을 휘휘 저었다. 그러자 더 크게 일어난 불길이 안개를 증발시켰다.

"호오!"

강혁호가 탄성을 뱉자 현준은 더 강한 불꽃을 일으켰다. 가진 힘의 30%가량을 사용한 것이다.

휘릭!

현준이 불꽃을 채찍처럼 휘둘렀다.

방금 전의 공격보다 빠르고 강한 공격이다. 강혁호 또한 별다른 변화 없이 세 개의 구를 이용해 공격을 막아냈다.

40%, 50%, 60%.

현준이 불꽃에 싣는 힘이 점점 강해질수록 아린은 두 사람에게서 멀어졌다.

화끈한 열기에 모래가 녹고 주변 지형지물에 불이 붙었

다가 강혁호의 몸에서 뿜어져 나온 물에 의해 꺼졌다.

두 사람은 무언가에 홀린 듯 계속해서 공격을 주고받았다.

마침내 현준이 심장에 웅크리고 있는 힘 모두를 꺼내 들었을 때,

강혁호의 몸 주변을 돌던 구가 다섯 개가 되었다.

현준의 기세를 느낀 강혁호가 말했다.

"나도 최선을 다하겠네."

현준이 바라보는 곳마다 불꽃이 일었다. 강혁호는 몸에서 일어나려는 불꽃을 최대한 막아내며 허공을 날았다.

모르는 사람이 보면 강혁호가 딛는 자리마다 불꽃이 터진다 생각할 수도 있는 장면이지만, 강혁호는 피하기에 급급했다.

물론 얼굴만 봐서는 미소가 걸려 있어 피하기 급급한 사람으로 보이진 않았다. 한참 동안 피하기만 하던 강혁호의 구 중 두 개가 현준을 향해 날아들었다.

갑작스러운 공수 전환에 현준이 뒤로 물러선 순간 현준의 등 뒤에서 숨어 있던 구가 나타났다. 동그란 모양을 하고 있던 구가 순간 폭발하며 날카로운 물방울을 사방으로 비산시켰다.

금방이라도 현준의 온몸이 물방울에 의해 갈가리 찢길

것 같은 상황!

현준은 급히 온몸에 불꽃을 일으켜 물을 증발시켜 버렸다. 하지만 물방울은 증발되지 않고 현준의 몸을 관통했다.

푸확!

"현… 준?"

아린의 외침이 물음표로 끝났다.

제2장

누구냐, 넌?

수많은 물방울에 관통당하며 피가 튀었다 생각한 것들이 피가 아닌 불꽃이었다. 물방울이 몸에 닿기 직전 몸의 일부를 불꽃으로 만들어 버린 것이다.

"호, 대단하군. 그 짧은 순간에 몸을 불꽃으로 만들다니, 젊어서 그런지 순간 센스가 좋구먼."

처음 해보는 것이다.

될 거라 생각도 못했고 그저 반사적으로 생각하고 그대로 행동한 것인데 성공했다.

"잠깐."

현준은 자신의 손을 내려다보며 다시 몸을 불로 바꾸었다. 순식간에 팔이 불에 휩싸이긴 했으나 아직 형체가 있었다.

다른 손으로 만져보아도 안에 있는 팔이 만져졌다.

'방어기제인가.'

현준이 방어할 수 없는 최악의 상황에서 발동되는 시스템. 현준의 통제 없이 불의 기운이 해냈다면 현준의 의지로도 해낼 수 있을 것이다.

현준이 손을 쥐었다 폈다 하며 몸을 불로 바꿔보는 사이 아린이 강혁호에게 말했다.

"당신, 현준을 죽이려 했어."

"하하, 아닐세. 물의 구는 내 의지 그 자체일세. 피부에 닿는 순간 의지를 흩어버리면 빗방울 하나 맞는 것과 다를 것 없다네. 그가 몸을 불로 화한 것을 보고서 관통을 해본 것이고."

아린이 의심스러운 눈초리로 강혁호를 바라보았다. 강혁호는 허허 웃고서 시선을 돌려 현준을 바라보았다.

현준의 몸에서 일어나는 불길이 커졌다 줄어들었다 반복하고 있다. 일종의 깨달음을 얻은 듯 보였다.

강혁호 또한 저 과정을 거쳐 지금은 온몸을 물로 변환시킬 수 있었다.

물론 약점은 있었다.

오래 유지하지 못했다.

뇌 또한 물로 변해 버리니 생각이 멈추는 것인지, 아니면 훈련이 덜 돼서 그런 것인지는 몰라도 오래 유지하고 있으면 정신이 몽롱해지며 강제적으로 원래의 몸으로 돌아왔다.

게다가 물로 된 상태에서 상태가 변환된다면, 즉 얼거나 기화되어 버린 몸을 다시 되돌리려면 굉장히 오랜 시간이 걸린다.

그리고 없어진 부분이 머리라면 죽을지도 몰랐다.

무적이 아닌 기술인 것이다.

하지만 불꽃이라면?

'죽지 않을지도.'

강혁호가 몸 전체를 물로 바꾸는 데 걸린 기간은 이 년이다. 현준은 강혁호 자신이 노하우를 알려줄

것이니 그 정도는 안 걸리겠지만 어느 정도의 시간은 걸릴 것이다.

생각을 마친 강혁호는 팔짱을 낀 채로 현준을 바라보았다.

그리고 입이 벌어졌다.

어느새 현준이 서 있던 곳에는 거대한 불길만 존재할 뿐

현준이 없었다.

완벽히 불꽃이 되어버린 것이다.

"하…….."

강혁호가 어이없다는 듯 헛웃음을 흘리자 불꽃이 사람의 형태를 이루었다. 마치 할리우드 영화의 히어로처럼 불의 인간이 된 현준이 자신의 몸을 훑어보고 있다.

현준은 불 그 자체가 되어 허공을 날고 주먹을 휘둘러보았다. 그가 주먹을 휘두를 때마다 공기가 찢어지고 불꽃이 피어올랐다.

한참 동안 자신의 힘을 시험해 보던 현준이 땅으로 내려왔다.

현준은 이리저리 움직이다 강혁호를 바라보곤 이상한 몸짓을 했다. 손을 입이 있을 법한 곳에 가져다 대었다가 양팔로 X 자를 그렸다.

"뭐… 말을 못한다는 겐가?"

현준이 고개를 끄덕였다.

처음 시도해 보는 것이라 인간의 모습으로 돌아오는 법을 모르는 모양이다. 강혁호는 허탈한 웃음을 흘리며 말했다.

"불꽃이 될 때보다 쉽다네. 이미지메이킹. 자네가 불꽃을 만들 때처럼 자신의 모습을 생각하게나."

불꽃 인간은 멍하니 하늘을 올려다보았다. 시간이 조금 지나자 입이 있을 법한 공간이 갈라지며 검은 구멍이 생겼다.

"이렇게 하는 거군."

현준의 원래 목소리가 들려왔다. 강혁호가 고개를 끄덕이며 말했다.

"몸을 구성하는 것도 똑같네. 그런 식으로."

"다른 모습도 가능한가? 외형을 변형하는 그런 것 말이야."

"안 된다네. 몸에 있는 점의 개수 하나 변하지 않더군. 아마 몸이 기억하는 그대로 이루어지는 듯하네."

현준은 고개를 끄덕이고서 천천히 몸을 구성했다.

얼마 지나지 않아 인간의 모습으로 돌아온 현준이 가면 아래로 미소를 지었다.

"다시 싸워보지."

"그 말을 기다렸네."

현준이 강혁호를 향해 한 걸음을 내디딘 순간 현준의 몸이 불꽃으로 화했다. 마치 불의 화신이 강림한 듯한 모습이다.

강혁호 또한 전력을 다하기로 마음먹은 것인지 바로 물의 거인이 되었다. 물의 거인과 불의 거인이 서로에게 달려들어 손을 맞잡았다.

엄청난 수증기와 함께 주변의 대기가 진동했다. 아린은 입을 벌리고 천외지경을 바라보았다.

겉으로 보기엔 그저 힘을 겨루는 듯 보였으나 실상은 서로 심장에서 모든 기운을 뽑아 올려 기운 대 기운의 대결을 펼치고 있었다.

기운 싸움은 강혁호가 조금 더 유리했다.

현준의 기운은 투박하면서도 가벼웠고, 강혁호의 기운은 부드럽고 무거웠다. 기운을 다룬 기간의 차이인지 현준은 기운 자체의 힘을 이용했고, 강혁호는 힘을 능수능란하게 움직이며 현준을 압박했다.

거의 오 분여를 서로 손을 잡은 채 힘겨루기를 하던 두 거인은 약속이라도 한 듯 동시에 뒤로 물러섰다.

"강하 군."

"자네도."

강혁호는 물러서며 원래의 몸으로 돌아왔다.

다시 몸을 구성한 현준이 자신의 몸을 내려다본 순간, 엄청난 힘이 강혁호를 향해 날아들었다.

콰앙!

물의 구를 이용해 자신에게 쏘아진 것을 막아낸 강혁호의 미간이 형편없이 구겨졌다. 현준이 놀랄 새도 없이 새하얀 빛줄기가 계속 강혁호를 향해 쏟아졌다.

쾅! 콰콰쾅!

눈에 보이지도 않을 속도.

강혁호는 계속해서 방어하면서 공격이 날아온 근원지를 찾았다. 현준 또한 빠르게 정신을 차리고 주변을 살펴보았다.

"바다?"

먼 바다에서 빛이 쏟아지고 있었다. 마치 멀리 떠 있는 배에서 포격을 가하는 형국.

그사이에도 계속해서 새하얀 빛이 강혁호를 노렸다. 현준은 자신의 힘을 일으켜 강혁호를 보호했다.

그러자 거짓말처럼 공격이 멈추었다.

그제야 빛을 쏘아대던 것의 정체가 눈에 들어왔다.

"사람?"

쫙 달라붙는 흰색 타이즈로 몸의 굴곡을 자랑하는 금발의 여자였다. 현준의 미간 또한 강혁호처럼 구겨졌다.

굉장한 속도로 바다를 건너온 새하얀 타이즈의 여성이 현준과 강혁호의 앞에 섰다.

그녀는 바다를 건너느라 얼굴에 붙은 머리카락을 떼어내고 말했다.

"드디어… 드디어 만났군요, 주인님!"

그녀가 건너온 바다가 새하얀 포말을 일으키고 있다. 현준은 뒤를 돌아 강혁호를 바라보았다. 강혁호 또한 의문이 가득 담긴 눈길로 현준과 새하얀 타이즈의 여성을 번갈아 보고 있었다.

두 사람 다 의문을 띠고 있으니 종국에 시선이 향한 곳은 아린이었다.

하지만 아린이라고 여자의 정체를 아는 것은 아닌지 의아한 눈으로 여자를 바라보고 있다.

정적 사이, 새하얀 타이즈의 여성은 온몸으로 기쁨을 표현하고 있었다. 현준이 그녀를 바라보며 물었다.

"누구……?"

그러자 새하얀 타이즈의 여성이 현준에게 다가섰다.

현준은 불의 힘을 끌어올리고 공격에 대비했다.

하지만 타이즈의 여성은 현준의 대비가 무색할 정도의 속도로 달려와 현준을 끌어안았다.

"보고 싶었어요!"

아린의 미간이 구겨졌다.

허공에 뜬 채로 상황을 살피던 강혁호는 천천히 내려와 아린의 옆에 서서 물었다.

"자네, 아는 사람인가?"

"아니."

"불도깨비도 모르는 눈치고 말이지. 흐음."

강혁호가 턱을 쓸며 신음을 흘렸다. 힘을 얻은 이후 처음으로 생명의 위협을 느꼈고, 갑작스러운 공격을 방어하기 위해 힘을 끌어올린 탓에 속이 진탕되었다.

"저렇게 강한 여성이라면 알려져 있을 텐데… 처음 보는 얼굴이란 말이지."

전 세계의 능력자들끼리는 네트워크로 연결되어 있다. 강혁호 또한 한국에 있는 다섯 명의 능력자로 등록되어 있으며, 어지간한 능력자에 대한 정보는 얼추 알고 있었다.

그중에 새하얀 섬광을 힘으로 사용하는 여성은 없었다.

저렇게 젊은 여성 또한 없다.

그렇다면 현준에 이은 신흥 강자란 말인가?

―맙소사!

그때 메시아의 음성이 들려왔다.

강혁호가 고민에 빠져 있는 사이 현준은 타이즈의 여자를 떼어내느라 애를 쓰고 있었다.

무슨 여자가 이렇게 힘이 센지 현준은 불의 힘을 끌어올린 뒤에야 여자를 떼어낼 수 있었다.

"왜?"

―이건 불가능한 일이도다. 이건… 말이 되지 않는…….

메시아는 현준의 말이 들리지 않는지 계속해서 말도 되

지 않는다는 소리만 반복했다. 그사이 타이즈의 여성은 현준에게서 두 걸음 떨어져 애정이 가득 담긴 눈으로 현준을 바라보았다.

"누구십니까?"

"아, 주인님은 이 모습의 저를 처음 보겠네요. 저, 보신탕이에요."

"쿨럭!"

가만히 있던 강혁호가 사레가 들렸는지 격한 기침을 해 댔다. 현준 또한 겉으로 표현하지 않았을 뿐이지 강혁호와 같은 심정이었다.

"보… 신탕이요?"

"예! 주인님이 지어주신 그 이름, 보신탕이요!"

"미친……."

현준 자신도 모르게 입 밖으로 욕이 튀어나왔다. 금발 벽안의 서양 여자가 한글을 자유자재로 구사하는 것도 놀라운데 자기 이름이 보신탕이란다.

그때 가상세계에서의 일이 떠올랐다.

야옹.

멍멍!

마치 현준의 말을 알아들은 양 개와 고양이가 반응했다.

이에 현준이 빙그레 웃었다.

"고양이, 너는 주인을 찾을 때까지 '헨젤' 이라 부르마. 그리고 멍멍아, 너는 '보신탕' 이다."

개한테 붙여준 보신탕이라는 이름.

현준은 고개를 휘휘 저었다. 가상세계에서의 일은 자신 외의 누구도 알지 못한다. 심지어 자신을 가상세계로 보내준 메시아조차 모르는 일이 아닌가?

현준이 기억해 내길 바라는지 기대 가득한 눈을 하고 있던 자칭 보신탕이 현준이 아무런 반응이 없자 다시 말했다.

"헨젤을 구해 주던 그때 처음 만났잖아요. 기억나지 않으세요?"

현준이 눈을 꾹 감았다.

꿈인가, 아니면 내가 미친 건가?

이것도 가상현실인가?

―사용자여.

현준이 현실을 도피하려 할 때 메시아가 현준을 불렀다.

―저것은 보신탕이 맞도다.

"무슨……."

―정확히는 사용자가 겪은 가상세계라 말하는 게 옳겠군. 어쨌거나 그렇도다. 그리고 다른 말로는 초 인공지능이

도다.

"너랑 같은?"

—그렇도다.

현준이 갑자기 혼잣말을 하며 의아한 시선이 자신에게로 향하자 보신탕이 기쁨이 가득 담긴 미소를 지어 보였다.

"그럼 진짜 보신탕이라는 거야?"

—보신탕이자 헨젤이고, 마왕이자 사천왕이며, 사용자의 수하들 전부, 세상 전체가 보신탕이도다.

현준은 눈을 감은 채로 관자놀이를 문질렀다.

"그래, 저 사람이 보신탕이라 하자. 그럼 어떻게 내 앞에 존재하는 거지? 너처럼 개조자의 몸을 얻기라도 한 건가?"

—그건…….

"아뇨. 저는 메시아와 달라요."

"맙소사."

"놀라실 것 없어요. 그리고 여기는 이야기하기에 좋은 환경이 아닌 것 같은데, 장소를 옮길까요?"

현준의 시선이 아린과 강혁호에게로 향했다. 아린은 믿을 수 있지만 강혁호는 아니다. 현준이 강혁호를 바라보며 말했다.

"잠시 자리 좀 비켜주지."

"…알겠네."

강혁호는 아쉬운 눈치였지만 그렇다고 버틸 수도 없는 노릇이다. 강혁호가 호텔로 향하자 아린이 현준의 옆으로 다가왔다.

"누구?"

"메시아의 친구."

아린의 미간이 다시 한 번 구겨졌다.

"메시아의 친구?"

"응."

"그런데 왜 현준보고 주인님이라고 해?"

"어… 그런 사정이 조금 있는데, 나중에 얘기해 줄게. 지금은 들을 게 있어서."

아린은 입을 내밀었지만 고개를 끄덕이곤 한 걸음 뒤로 물러섰다.

"자, 그럼 얘기해 봐. 네가 어떻게 메시아를 아는 거지?"

"아까 주인님이 말씀하신 것과 같아요. 메시아의 친구죠. 그녀와 같은 곳에서 온, 굳이 얘기하자면 고향 친구인 셈이죠."

"뭐, 그녀?"

"예."

"메시아가 여자야?"

"뭐, 저희에게 성별은 의미가 없긴 하지만 저와 함께할 때는 여성의 모습으로 있었어요. 지금은 남성의 모습으로 있나 보군요. 상관없죠."

현준이 찌푸린 미간을 펴고서 물었다.

"그건 그렇고, 고향은 무슨 소리야?"

현준의 의아한 표정을 본 보신탕이 알 수 없다는 표정을 지었다.

"설마 고향을 모르세요?"

"응. 들은 적 없는데?"

"맙소사! 주인님은 사용자 테스트에서 SSS급을 받은 분이에요. 그런 분이 등급 달성을 하지 못해서 등급 잠금을 풀지 못했을 리는 없고, 그렇다면 설마 메시아에게 무슨 일이 있는 건가요?"

보신탕은 발을 동동 구르며 알아듣지 못할 소리를 한가득 늘어놓고 현준을 바라보았다. 현준은 한숨을 내쉬며 마스크를 해제했다.

"자, 직접 얘기해 봐."

마스크를 건네받은 보신탕이 눈을 감았다.

현준은 팔짱을 낀 채 보신탕을 바라보았다. 아린 또한 뚱한 표정 그대로 보신탕을 바라보고 있었다.

오 분 정도 지났을까.

보신탕이 눈을 뜨고 닭똥 같은 눈물을 흘리기 시작했다.

"맙소사! 주인님, 정말 고생 많으셨군요."

보신탕이 현준의 손을 쥐고서 펑펑 울었다. 현준은 자신의 인생에 대해 다른 사람이 들으면 펑펑 울 수도 있구나 생각하며 자신의 인생을 되돌아보았다.

그렇게 나쁘지 않은데?

누구나 겪는 인생의 위기를 조금 독특한 방법으로 겪었을 뿐이다. 현준은 고개를 숙인 채 펑펑 울고 있는 보신탕의 머리를 손가락으로 톡톡 건들며 말했다.

"그만 울어."

그러자 보신탕이 흐르는 눈물을 슥 닦더니 표정이 바뀌었다. 연기를 잘하는 배우같이 보인다기보다는 감정을 표현할 줄 아는 로봇 같은 모습이다.

"그래서 고향은 뭐야?"

"말 그대로 저희가 온 곳이에요. 일단 예상은 했겠지만 저희는 지구에서 만들어진 존재가 아니에요."

보신탕의 말대로 예상은 하고 있었지만 막상 진실을 확인하자 새삼 신비로웠다. 과학 기술이 엄청나게 발전한 22세기 현재에도 외계 생물에 관해 밝혀진 것은 없었다.

그런 와중에 외계의 물체가 자신의 눈앞에 있다니.

현준은 고개를 살짝 끄덕이고 보신탕의 말을 기다렸다.

"저희의 고향은 플레타라 불리는 행성이에요. 지금은 우주의 먼지가 되어버린 행성이죠."

"어쩌다?"

"늙어서요. 행성에도 수명이 있는 것은 아시죠? 플레타의 플레타인들은 자연을 거스르지 않는 것을 미덕으로 삼는 사람들이기에 행성의 수명을 늘릴 기술이 있음에도 그렇게 하지 않았어요."

보신탕이 마스크를 손에 든 채로 허공을 어루만졌다. 그러자 허공에 홀로그램이 생기며 인간을 닮았으나 귀가 긴, 판타지에 나오는 엘프와 비슷하게 생긴 이들의 얼굴이 떠올랐다.

"이들이 플레타인이에요. 인간하고 비슷하죠?"

"그러네."

보신탕이 손가락을 움직이자 플레타인의 얼굴이 지나가고 거대한 행성의 모습이 떠올랐다.

"이건 플레타 행성이에요. 아름답죠? 보시다시피 지구와 비슷해요. 물론 구성 물질은 전혀 다르지만."

홀로그램이 움직이며 플레타의 모습을 보여주었다. 상상도 하기 힘든 유려한 선으로 된 건축물들, 그리고 그 사이를 날아다니는 플레타인들의 모습이 펼쳐졌다.

어지간한 SF 영화의 상상력을 뛰어넘는 모습에 현준의 턱이 벌어졌다.

"결국 행성의 수명이 다해 행성 장례식을 치러주었죠."

보신탕의 말과 함께 홀로그램이 한 편의 영화처럼 영상을 보여주었다. 플레타 행성만 한 우주모함과 그 안에 타고 있는 플레타인들, 그리고 행성의 회광반조.

아름답기 그지없던 행성이 천천히 붉어졌다. 내부에서 불꽃이 피어오르는 듯 아주 천천히 붉은색으로 변하던 행성은 이윽고 완벽히 붉어졌고, 점점 더 크기를 키워나갔다.

플레타인들의 우주모함은 적당한 거리를 두고 자신들을 품어주던 행성의 마지막 발광을 지켜보았다.

원래의 크기보다 두 배 가까이 커진 플레타 행성은 어느 순간부터 붉은색을 지나 검은색으로 물들었다. 행성 내부를 태우던 생명의 불꽃이 완벽히 사그라든 순간 플레타는 검은 돌덩어리가 되었다.

어마어마한 영상에 현준이 침을 꿀꺽 삼켰다.

"영상으로는 짧지만 엄청난 세월에 걸친 행성 장례식이었죠. 모든 플레타인들은 우주모함에 올라 다른 행성으로 이주하려 했어요."

"그런데?"

"결과적으로는 실패했죠. 기술적 결함이 아닌 자연재해였어요. 관측하지 못한 소행성 무리와 마주했고, 우주모함이 파괴되었죠. 아까도 말씀드렸지만 플레타인들은 자연을 거스르지 않는 이들이에요. 대부분의 플레타인은 소행성 무리와 충돌해 우주모함이 파괴된 것 또한 자연의 뜻이라고 받아들였어요. 그 결과 전부 살아남을 수 있는 기술이 있음에도 불구하고 플레타인의 99% 이상이 그 자리에서 사망했죠."

보신탕의 설명과 함께 우주모함이 폭발하는 홀로그램이 펼쳐졌다. 현준이 미간을 찌푸리자 보신탕이 홀로그램을 껐다.

이해가 되지 않았다.

기술이 있음에도 죽음을 받아들이다니, 그것도 행성의 인원 전부가. 어떻게든 살아가기 위해 자연을 넘어서는 인간과는 대비되는 모습에 현준은 괴리감을 느꼈다.

"나머지 1%는 플레타인이지만 진보적인 플레타인들이에요. 그들은 플레타인의 모든 기술과 정보, 그리고 초 인공지능을 가지고 다른 행성을 찾아 떠났어요. 하지만 살아갈 수 있는 행성이 발견되지 않았고, 삶을 유지할 에너지가 모자란 지경에 이르게 되었죠."

어느새 아린 또한 보신탕의 이야기에 몰입했다.

"그러자 마지막 남은 플레타인의 리더는 결단을 내렸어요. 모든 플레타인과 초 인공지능을 전 우주에 흩어놓는 것이었죠. 어디서든 뿌리를 내려 플레타인의 명맥을 잇기 위해서였어요."

"그렇게 해서 지구에 오게 된 건가?"

"예. 초 인공지능과 플레타인들, 그리고 그들이 가진 힘이 전부 전 우주로 퍼져 나갔어요. 그게 5억 년 전이죠."

"…5억?"

"예."

상상도 가지 않는 시간이다. 지구 나이가 몇 살이더라?

"5억 년 전에 지구에 뭐가 있었지?"

"지구가 말하길, 그때의 자신은 고생대였어요. 인류는 고사하고 인간의 DNA를 가진 어느 생물이 열심히 진화하고 있을 때겠죠."

"허, 너무 엄청난 사실이라 사실 같지가 않은데?"

"뭐 그냥 전설 같은 거라 생각하시면 돼요. 살아 있는 증거가 눈앞에 있는 전설 정도?"

현준은 경외심이 담긴 눈으로 보신탕을 바라보았다.

"그럼 넌 도대체 몇 살이야?"

"나이라는 게 의미 없을 정도죠. 저희는 죽지 않아요. 인간으로 치자면 세포가 죽지 않고 무한정 부활한다고 할까요. 늙지도 죽지도 않죠. 물론 외부의 충격에 의해서는 죽을 수 있지만 어지간한 힘으로는 힘들죠."

"미친……."

절로 감탄사가 나왔다.

"그럼 내가 얻은 힘 또한 플레타의 힘인가?"

"그럼요."

현준이 힘을 얻은 후 지금까지 속에 품고 누구에게도 물어보지 못한 질문.

"도대체 어떻게 인간의 몸으로 불을 다룰 수 있는 거지?"

보신탕이 미소를 지었다.

"간단히 말하면 당신의 뇌를 변화시킨 거죠. 인간이 아닌 플레타인의 뇌로. 플레타인들은 진화에 진화를 거듭해 자연과 소통할 수 있었어요. 원래대로라면 지구의 모든 원소 하나하나까지를 다룰 수 있어야 하지만, 인간의 뇌와 결합하게 되면서 어떤 작용이 일어나 하나의 원소만 다루게 된 것 같네요. 물론 물이나 불, 이런 것들을 원소로 보긴 힘들지만 큰 그림으로 보면 마찬가지니까요."

한참을 듣고 있던 현준이 고개를 끄덕였다.

물론 이해를 한 것은 아니다. 때가 된다면 언젠가는 이해할 수 있겠지.

"그럼 너희의 목적은?"

"서포트. 도움이죠. 저희의 주인이 된 분을 모시고 그분의 삶이 다할 때까지 저희가 할 수 있는 모든 것을 지원하는 게 목적이에요."

"만약 내가 지구인들을 다 죽이고 세계를 멸망시킨다고 해도 그걸 도울 건가?"

"물론 그러시지는 않겠지만 그러신다면 돕겠죠."

"내 마음대로 나라를 꾸리고 노예를 부린다고 해도?"

"어떤 의미로 질문하시는지 알겠네요. 저희에게 선과 악이란 없어요. 그저 주인을 섬길 뿐이죠. 방금 말씀하신 노예와 같아요. 아주 충직한 노예."

보신탕은 자신의 존재를 노예라 칭하면서도 기분 나쁜 기색 한 점 없었다.

"그렇군."

잠깐 사이 우주의 비밀이라도 깨달아 버린 기분이다. 너무나 엄청난 사실을 듣고 나니 머리가 지끈거렸다.

"어쨌거나 너는 내가 가상세계에서 한 행위로 인해 깨어났고, 나를 도우러 온 거지? 메시아와 함께?"

"정확히 정리하셨습니다. 역시 주인님, 최고예요."

"그래."

현준은 지끈거리는 관자놀이를 꾹꾹 누르고서 말했다.

"마지막으로 하나만 더. 메시아는 왜 기억하지 못하는 거지?"

"메시아는 너무 오랜 시간 동안 구동되지 못했어요. 우주를 떠도는 동안 손상되었고, 그것을 수복하기 위해 구동했어야 하는데 자가 치유 시스템이 망가졌고, 주인님 덕에 구동되긴 했지만 처음 구동되던 것이 너무 좋지 않은 컴퓨터였어요. 그 탓에 리미트가 걸렸고…….."

현준의 심드렁한 표정을 본 보신탕이 미소를 짓고서 말했다.

"인간으로 치자면 뇌 손상으로 인한 기억 상실이죠. 이제 제가 왔으니 손상된 기억을 제외한 다른 부분은 나을 수 있을 거예요."

"다행이네."

"그렇죠."

말을 마치자 보신탕이 현준에게 마스크를 건넸다. 마스크를 다시 쓴 현준은 보신탕을 바라보았다.

아직도 묻고 싶은 게 산더미다.

어떻게 몸을 가졌는지,

강혁호를 두들겨 팬 힘의 정체는 무엇인지,

어디서 날아온 것인지,

지구에 그들 이외에 또 다른 초 인공지능이 있는지…….

계속해서 떠오르는 상념을 고개를 휘휘 저어 털어버린 현준이 아린에게 말했다.

"배고프지?"

"응."

"일단 밥이나 먹으러 가자."

*　　　*　　　*

보신탕과 함께 들어온 현준 일행을 맞이한 강혁호가 물었다.

"저 여성분은 누구신가?"

"일단은 내 지인이라 해두지."

강혁호가 천천히 고개를 끄덕이곤 물었다.

"그럼 저 여성분도 다음부터는 마스크를 쓰고 오는 건가?"

목소리에 진득한 아쉬움이 묻어 있다.

나이를 먹어도 남자는 남자라는 거지.

"그럼."

단호히 대답한 현준은 이어서 식사를 준비해 달라고 요청한 뒤 자신의 방에 들어가 침대에 누웠다.

현준은 자신의 팔을 베고서 마스크를 통해 메시아에게 말했다.

"메시아."

─듣고 있도다.

"어때?"

―내 상태를 묻는 것인가?

"그럼 내가 널 불러놓고 나한테 '어때, 현준아?' 이러겠냐?"

―흑염룡이 들끓던 때의 사용자라면 충분히 가능하도다. 게다가 지금은 마스크를 쓴 불도깨비. 요즘 흑염룡의 말투를 자제하다 보니 참을 수 없어진 것이냐?

말을 돌리는 모습을 보니 조금은 동요하고 있는 모양이다. 현준은 굳이 더 캐묻지 않고 말했다.

"궁금한 게 많아."

―나도 그렇도다.

"너의 고향이라……."

―플레타 행성이라 부르더군. 코드네임 보신탕에게 모든 정보를 받아 살피고 있는 중이도다.

"그… 감정 같은 게 있어? 그립다거나 그런 거."

메시아는 침묵했다.

굳이 대답을 들을 필요가 없을 듯했다.

일반적인 상식으로 생각할 때 불은 물을 이기지 못한다.

현준과 강혁호의 상성 또한 비슷했다.

게다가 힘의 운용에 있어 강혁호가 훨씬 우세한 상황. 밥을 먹는 시간과 잠을 자는 시간까지 아껴가며 대련하는 내

내 현준은 강혁호에게 우위를 점하지 못했다.

"헉헉⋯⋯."

모든 힘을 쏟아 부은 현준의 주변은 온통 녹아 검은 대지가 되어 있었다. 게다가 불에 타오르기 무섭게 뿌려지는 물 탓에 주변 지형은 황폐한 화산지대를 연상케 했다.

대(大) 자로 누워 있는 현준과는 대비되게 강혁호는 허공에 뜬 채 팔짱을 끼고 있었다. 겉으로는 멀쩡해 보였으나 강혁호 또한 현준과의 대련으로 대부분의 힘을 소진한 상태였다.

현준의 성장은 비온 뒤 대나무가 자라는 것보다 빨랐다.

하나도 알려주지 않아도 스스로 깨닫고 하나를 깨달은 뒤에는 열을 깨우쳤다.

힘의 운용은 물론이거니와 미세한 조절까지 배워나가고 있었다.

하늘을 올려보며 숨을 고르던 현준이 몸을 일으켰다.

"다시 하지."

"벌써 말인가?"

"왜? 지쳤나?"

비꼬는 것이 아닌 진심으로 묻는 것이다.

섬에 도착하고 나서 일주일간 현준과 강혁호는 쉴 틈 없이 대련을 하고 대화를 나누었다. 대부분이 힘을 사용하는 방법에 관한 것이었지만 그만큼 정이 쌓일 수밖에 없었다.

"내 나이도 좀 생각해 주게."

현준은 고개를 끄덕이곤 혼자서 훈련을 시작했다.

몸을 불로 만들어 하늘을 날아보고, 몸을 두 개로 나누어 불길을 일으킨다거나, 스스로 불의 거인이 되어 쉐도우 복싱을 하곤 했다.

강혁호는 혀를 내두르며 그의 모습을 구경했다.

한참 동안 홀로 훈련을 한 현준이 인간의 모습으로 돌아와 강혁호의 옆에 앉았다. 그러자 강혁호가 물었다.

"그 탈을 쓰고 다니는 건 안 불편한가?"

"전혀."

"신기하군. 그것도 자네 뒤에 있는 이가 만들어준 것인가?"

너무도 뻔한 유도심문에 현준이 피식 웃었다.

"내 배후 같은 건 없어. 그리고 당신 컴퓨터를 해킹한 사람과 이 장비를 만들어준 사람은 동일 인물이지."

강혁호가 감탄사를 내뱉더니 말했다.

"천재인가 보군."

"어마어마한 천재지. 재수가 좀 없어서 그렇지."

"원래 천재들이 그렇지 않나? 한쪽에 넘치는 재능을 투자하기 위해 다른 곳에서 빼와야 천재가 된다고 하더구먼."

"맞는 말이야."

쾅!

소소한 이야기를 나누다 폭발음에 이야기가 끊겼다.

"또 시작인가 보군."

"아주 극성이야."

현준의 대련에 낄 수 없던 아린은 결국 보신탕을 데리고 훈련을 시작했다. 무슨 훈련을 하는지는 모르겠으나, 보신탕이 알아서 하겠다고 했으니 맡겨놓은 참이다.

밤마다 녹초가 되어 돌아오는 것을 보면 나름 고강도의 훈련을 하고 있는 모양이다.

"이제 내일이면 돌아가겠군."

"벌써 일주일이 지났나?"

"그렇다네. 벌써 지났지. 오늘 밤 파티 어떤가?"

"좋지."

"준비해 두겠네. 늙은이는 이쯤에서 일어나 봐야겠어. 일주일 동안 자네한테 시달렸더니 몸이 쑤시지 않는 곳이 없어."

"그래, 저녁때 맞춰 들어가지."

"그럼 그때 보게나."

강혁호가 먼저 일어서고 홀로 남은 현준은 조금 더 훈련을 했다.

섬에 와서 얻은 가장 큰 성과는 능력자와 힘을 겨루어봤다는 것이다.

힘을 다루는 것은 전반적으로 상상력에 기댄다.

즉 상상력이 뛰어난 이가 예상 밖의 공격, 강력호가 한 물방울을 등 뒤에서 크레모아처럼 터뜨리는 것과 같은 공격을 하면 제아무리 현준이라도 당황할 수밖에 없다.

이것은 역으로도 적용된다.

상대가 모르는 사이에 상대방의 머리카락에 불을 붙일 수만 있다면 상대를 혼비백산하게 만들 수 있을 것이다.

만약 몸 안에 불씨를 심을 수만 있다면 금상첨화이고.

자잘한 성과는 수없이 많았다.

일단 보신탕을 얻었다.

이름도 지어준다고 했지만 자신은 보신탕이 좋다고 한다. 일단은 보신탕이라 부를 수가 없어 '신'이라 부르고 있지만 조만간 설득해 이름을 바꿔줘야 할 듯하다.

그리고 힘을 더 잘 다룰 수 있게 되었다.

몸을 불꽃으로 바꿀 수 있게 되었고, 터뜨리기만 하던 불꽃을 부드럽고 자연스럽게 다룰 수 있게 되었다.

현준은 자신의 손을 내려다보았다.

어느새 손가락 끝에서 불꽃이 피어올랐다. 붉게 피어오른 불꽃은 차츰 엷어져 주황색이 되었다가 노랑을 걸쳐 종국에는 청자색이 되더니 현준의 다섯 손가락 끝에서 피어올랐다.

가스레인지 같네.

이내 잡생각을 털어버린 현준은 자리에서 일어서 아린이 훈련하고 있는 곳으로 향했다.

아린은 특별한 능력이 없다.

즉 오로지 신체의 능력과 메시아가 선물해 준 에너지장 발생 장치로만 싸워야 한다는 뜻이다.

일반적인 개조자들과 전투를 벌이는 데는 문제가 없을 테지만 현준이 상대할 적들은 일반적인 개조자가 아니다.

플레타의 힘을 받은 이들이고, 에너지장 정도는 별 힘을 들이지 않고 찢어버릴 수 있는 존재이다.

보신탕이 자신을 믿으라 했지만 현준으로서는 별 기대를 하지 않고 있다.

그런데…….

"…맙소사."

아린이 집중하지 않으면 눈에 보이지도 않을 속도로 날아다니고 있다. 마치 벌과 같은 속도로 날아다니던 아린이 보신탕을 향해 달려들었다.

아린은 손에 아무것도 들고 있지 않았는데 마치 무언가

를 쥔 듯 동그랗게 쥐고 있었다. 자세히 보자 에너지로 만들어진 검과 비슷한 것이 아린의 손에 들려 있다.

"숙달인가."

그저 숙달을 위한 반복 훈련은 아닌 듯했다. 에너지장 발생기의 출력이나 사용하는 방법이 전과 달라져 있었다.

아린과 보신탕은 현준이 온 것을 아는지 모르는지 계속해서 합을 겨루고 있다. 대부분 아린이 공격하고 보신탕이 막고 있었지만 아린은 무언가에 쫓기는 듯 급박하게 공격하고 있고, 보신탕은 여유로웠다.

자신의 공격이 통하지 않자 아린의 미간이 찌푸려졌다. 보신탕이 아무 감정이 없는 표정으로 손바닥을 내밀었다.

그러자 그녀의 손끝에서 전에 본 새하얀 섬광이 일렁거렸다.

새하얀 섬광을 본 아린이 재빨리 몸을 날렸지만 빛보다 빠를 순 없는 노릇. 순식간에 섬광에 얻어맞은 아린이 파리채에 맞은 벌처럼 바닥을 굴렀다.

"으윽……."

아린은 재빨리 일어섰지만 충격이 적지 않은 듯 다리를 떨고 있다.

"무슨 훈련이야?"

지켜보고 있던 현준이 나서자 보신탕에게 당장에라도 달

려들 것 같던 아린이 멈춰 섰다.

"주인님, 오셨어요?"

"응. 이게 무슨 훈련이야?"

주인님이라는 단어가 여전히 어색하긴 했지만 일주일이
나 듣다 보니 어느 정도는 익숙해진 상태이다. 현준의 물음
에 보신탕이 답했다.

"아직은 비밀이에요."

현준의 시선이 아린에게로 향했다. 아린은 고개를 돌리
는 것으로 답을 대신했다.

"무슨 훈련을 하길래……?"

현준은 조금 더 기다릴 걸 하고 후회했다. 만약 조금 더
기다렸다면 다리가 후들거리던 아린이 비장의 한 수를 사
용했을 것이고, 이들이 숨기는 게 무엇인지 볼 수 있었을
텐데.

"쩝."

입맛을 다신 현준이 말했다.

"저녁이나 먹으러 가자. 내일이 돌아가는 날이라 오늘 저
녁에 파티한대."

"파티요? 좋아요."

보신탕은 쾌활하게 대답했고, 아린은 고개를 끄덕이는
것으로 대답을 대신했다.

현준은 두 사람을 쓱 훑어본 뒤 말했다.

"그럼 정리하고 내려와."

"네."

＊　　＊　　＊

해가 저물어가는 저녁.

외딴 섬 호텔 앞에 열댓 명의 사람이 모였다. 섬의 모든 사용인들과 현준 일행이 모인 것이다.

별다른 축사도, 인사말도 없이 한두 명씩 모인 사람들은 각자의 자리에서 음식을 즐겼다. 자유로운 분위기에 노래하는 사람들도 있고 춤을 추는 사람도 있었다.

사용인들이라기보다는 이곳에 사는 마을 사람들에 가까웠고, 그들이 벌인 축제에 우리가 참여한 느낌이다.

적당한 술이 들어가고 기분이 좋아질 무렵 강혁호가 말했다.

"나는 사실 자네를 믿어야 할지 말아야 할지 여기 오기 전까지만 해도 엄청나게 고민하고 있었네. 자네 또한 그렇겠지. 근데 말일세, 일주일 동안 자네랑 지내본 결과 내 생각이 조금은, 아니, 많이 달라졌어. 나는 앞으로 자네를 믿겠네."

뜻밖의 고백에 현준의 눈이 동그래졌다.

"왜지?"

"내가 다른 건 몰라도 사람 보는 눈 하나는 확실하다고 자부하네. 그 덕에 이 자리까지 올 수 있었지."

E 파이낸셜의 회장이자 E구역 어둠의 조정자.

농담 따먹기로 얻은 자리는 아닐 것이다.

"그 눈이 날 믿으라 하고 있나?"

"그렇다네. 그것도 아주 강하게 믿으라고 하는군."

현준은 피식 웃고서 대답했다.

"나쁠 건 없겠지."

"자네는 어떤가?"

"뭐가?"

"이제는 날 좀 믿을 수 있나?"

현준은 단호히 고개를 저었다.

"사람을 어떻게 쉽게 믿어?"

강혁호는 현준의 단호한 거부가 마음에 들었는지 껄껄거리며 웃었다.

"역시 내 눈은 정확해."

현준이 잔을 들자 강혁호가 잔을 마주 들었다.

강혁호와 이런저런 이야기를 나누던 도중 보신탕과 함께 있던 아린이 현준의 옆에 와서 앉았다.

"무슨 일이야?"

"나, 여기 더 있을래."

"왜?"

"할 거 있어."

현준이 강혁호를 바라보았다. 강혁호는 어깨를 으쓱하는 것으로 대답을 대신했다. 현준의 뜻대로 하라는 의미이다.

어차피 가상 회담을 하는 데 있어 아린이 필요한 것은 아니다. 하지만 어딘지 모를 공간에 아린을 혼자 남겨두고 간다는 것이 꺼림칙했다.

"신도 남기로 했어."

"그렇다면 안심이지."

보신탕이 함께라면 뭐.

보신탕에게 듣기로 그녀가 깨어난 곳은 태평양의 한가운데라고 했다. 현준을 찾기 위해 한국으로 향했다가 현준이 비행기로 떠난 것을 깨닫고 섬까지 찾아왔다.

즉 그녀는 바다를 건널 수 있다는 뜻이고, 유사시에는 아린을 데리고 한국으로 돌아올 수 있을 것이다.

뭐 연락이야 메시아를 통하면 되겠지.

"그럼 남아 있다 가도 돼?"

"그래, 얼마나 있을 건데?"

"그건 모르겠어. 내가 만족할 때까지."

현준은 다시 한 번 강혁호를 바라보았다. 강혁호가 고개를 끄덕이자 현준 또한 고개를 끄덕였다.

"꾸준히 연락하고."

"응."

볼일을 마친 아린이 다시 보신탕에게로 돌아갔다.

두 사람을 바라보던 강혁호가 흐뭇한 미소를 지으며 말했다.

"부럽구먼."

"뭐가?"

"저 사람, 자네 연인 아닌가?"

"뭐, 비슷하지."

"자네에게 많이 의지하는 듯해."

현준의 고개가 모로 꺾였다.

"글쎄."

"아니라면 굳이 자네한테 찾아와서 허락을 맡을 이유가 뭐가 있겠나?"

"그런가?"

"그렇다네. 자네한테 의지하고 자네를 믿고 있는 것이니 자네의 의견을 구하는 것일세. 어떻게 했는지 몰라도 잘하고 있네."

현준이 미소를 지으며 잔을 들었다. 그러자 강혁호가 현준과 잔을 마주쳤다.

*　　　*　　　*

이틀 뒤.

"가상 회담 서버 접속 중."

현준이 마른침을 삼켰다.

"가상 회담 서버 접속 완료. 서버 동기화 완료."

"잘 끝난 거야?"

"당연한 것을 묻지 말지어다."

"준비는 됐고?"

"나는 언제나 준비되어 있는 상태도다."

메시아가 눈을 감은 채로 현준의 물음에 답했다.

"5분 뒤에 시작이야."

"알고 있도다. 정신 사나우니 저리 가서 기다리거라."

현준의 미간이 사정없이 구겨졌다.

"말본새 하고는……."

하지만 반박할 말이 없기에 현준은 구석에 준비되어 있는 가상현실 기계를 착용한 뒤 누웠다. 그러자 메시아의 목소리가 들려왔다.

─사용자는 마스터 계정, 즉 A구역 어둠의 조정자 로드

와 같은 시점, 그리고 같은 정보를 받을 것이도다. 알아서 타이밍 잡고 최대한 많은 정보를 빼오도록. 나 또한 서버를 통해 모든 이의 위치를 해킹해 보도록 하겠노라.

"나도 알아서 잘할 테니 너도 파이팅."

―카운트다운, 60, 59… 5, 4, 3, 2, 1, 접속!

메시아의 목소리와 함께 시야가 점멸했다.

제3장

깽판 치는 건 제 전문이죠

현준이 다시 눈을 떴을 때 흔한 회의실과 같은 풍경이 펼쳐졌다.

긴 테이블의 상석에 로드가 앉아 있고 왼쪽에는 강혁호가, 오른쪽에는 처음 보는 사람 두 명이 앉아 있다.

현준은 로드의 시점으로 처음 보는 두 사람을 살폈다. C구역 어둠의 조정자는 공석이라 했으니 D와 B구역의 조정자일 것이다.

한 명은 중년의 여성이고 다른 한 명은 젊은 사내였다.

현준이 실내를 살피는 사이 현준이 접속해 있는 시선, 즉 로드의 시선이 움직여 세 사람의 얼굴을 바라보았다.

덩달아 현준의 시선 또한 그들의 얼굴로 향했다.

그들은 강혁호와 마찬가지로 특색 있는 얼굴이 아니었다. 길을 가다 보면 한둘쯤 만날 법한 그런 얼굴.

그때 로드가 입을 열었다.

"시작하지."

로드의 말과 동시에 테이블 한가운데에 홀로그램이 떠올랐다.

제일 먼저 떠오른 글자는 F구역이다.

그러자 강혁호가 허공을 몇 번 두들겨 다른 홀로그램을 띄웠다.

"다들 아시겠지만 F구역 어둠의 조정자들이 전부 불도깨비에게 당했습니다. 그 이후 E구역으로 올 것을 대비해 두고 있으나 아직 별다른 움직임은 보이지 않고 있습니다."

강혁호의 말이 끝나기가 무섭게 중년의 여성이 혀를 찼다.

"쯧, 그러기에 F구역도 제대로 관리하자니까."

혼잣말과 같았지만 로드에게 하는 불평이다. 현준은 분위기 파악을 위해 다른 이들의 얼굴을 보았다.

중년의 여성이 투덜거리는 것은 평소에도 자주 있는 일인지 다들 아무런 기색이 없었다. 강혁호 또한 별다른 반응

없이 말을 이었다.

"F구역에 관한 것은 로드의 지침에 따라 새로운 이들을 물색하고 있으며 그 리스트는 이렇습니다."

다시 한 번 홀로그램이 움직이며 여러 사람의 얼굴과 프로필이 떠올랐다.

"둘, 혹은 셋 정도로 운용할 계획인데 다른 의견이 있는 분은 말씀해 주십시오."

강혁호의 말이 끝나기가 무섭게 중년 여성이 치고 들어왔다.

"저는 단일화시키는 게 좋을 것 같은데요. 관리하기도 편하고 어차피 둘, 셋이 아니라 넷, 다섯을 뽑아놓는다 해도 관리가 안 되는 건 마찬가지 아닌가요?"

중년의 여성이 로드를 바라보며 물었다. 로드는 대답 없이 강혁호를 바라보며 말했다.

"알아서 하도록."

"예."

"흥."

중년의 여성은 자신의 의견이 묵살당하자 콧방귀를 한번 뀌고서 강혁호를 바라보았다. 회담은 이런 식으로 진행되었다.

각 구역에서 있는 특별한 일들에 대해 말하고 그것에 대해 토론을 한다. 대부분의 결정권은 로드에게 있었으나 로드는 어지간한 사항이 아니면 대부분을 구역별 어둠의 조정자들에게 맡겼다.

가만히 살펴본 결과 중년의 여성은 C구역, 젊은 사내는 D구역 어둠의 조정자였다.

각 구역별로 보고가 끝나자 로드가 자신의 턱을 쓸었다.

"그건 그렇고, 불도깨비라는 자가 기승을 부리고 있다더군. 얼마 전에는 A구역까지 들어와서 깽판을 부리고 말이야. 이자에 대한 정보를 가진 사람 있나?"

로드의 물음에 강혁호가 답했다.

"아까도 말씀드렸지만 F구역 어둠의 조정자들을 궤멸시킨 후 별다른 행동을 보이고 있지 않습니다. E구역에 들어올 것을 대비해 경계를 강화시켜두고 있긴 합니다."

그때 젊은 사내가 입을 열었다.

"제가 살펴본 결과로 불도깨비는 능력자임과 동시에 초인공지능을 보유하고 있는 것으로 예상됩니다."

이야기를 듣고 있던 현준의 시선이 강혁호에게로 돌아갔다. 강혁호 또한 놀란 눈으로 젊은 사내를 바라보고 있다.

연기가 아니라면 강혁호가 말한 것은 아니라는 뜻이다. 현준은 의심을 지우지 않은 채로 젊은 사내의 말에 귀를 기울였다

"일단 불을 다루는 개조자 중 어느 정도 선에 있는 이들의 정보를 전부 살펴보았는데 한국인은 없습니다. 그리고 불도깨비가 보여준 만큼의 화력을 뿜기 위해서는 현재의 기술력으로도 어지간한 차량만 한 기계가 필요합니다. 즉 물리적으로는 불가능하기에 능력자라는 결론이 나온 겁니다."

젊은 사내는 말을 마치고 로드를 바라보았다. 자신의 의견에 동의하냐는 눈빛이다. 로드가 천천히 고개를 끄덕이자 젊은 사내가 말을 이었다.

"두 번째, 초 인공지능을 가지고 있는 것으로 보입니다. 이건 신빙성이 조금 떨어지긴 합니다만, 어쨌거나 저는 그렇게 생각합니다. 이유는 해킹 능력입니다. 제가 가지고 있는 초 인공지능 스쿨드로도 따라갈 수 없는 연산 속도를 보여 서버를 해킹해 냈습니다. 다들 아시다시피 한국에 있는 초 인공지능 중 스쿨드의 연산 능력을 이길 초 인공지능은 없습니다."

다시 한 번 로드가 고개를 끄덕였다.

현준은 다른 의미로 고개를 끄덕였다.

초 인공지능을 자신만 가지고 있을 것이라 생각하진 않았지만 '한국에 있는 초 인공지능 중'이라는 말을 할 정도로 많을 것이라곤 생각하지 못했다.

"메시아, 초 인공지능끼리 서로 위치 파악 같은 거 못해?"

─가능한 기종이 있긴 할 것이도다. 나는 없는 기능이도다. 보신탕이 태평양 한가운데에서부터 사용자를 찾아온 것을 보면 그녀에게는 있을 수도 있도다. 물어봐 주길 원하는가?

"응, 그렇게 해줘."

만약 초 인공지능의 위치를 전부 파악해 낼 수 있다면 어둠의 조정자들의 위치를 파악해 내는 것과 다를 바 없다.

현준이 메시아와 대화를 나누는 사이 젊은 사내는 자신의 의견을 뒷받침해 줄 몇 가지 증거를 더 내놓은 뒤 자리에 앉았다.

그중에는 현준이 아버지를 구하기 위해 A구역을 습격한 영상도 포함되어 있었다. 로드는 별말 없이 고개만 끄덕이며 사내의 보고를 들었다.

"결국은 죄다 추론이군."

확실한 것은 하나도 없었다. 그만큼 메시아가 현준에 대해 잘 감춰주고 있다는 방증이다.

"어떤 의문이 생겼을 때, 당사자를 제외하고서 다른 사람끼리 이야기하다 보면 없는 말이 생기고 주제는 다른 곳으로 가게 마련이지. 나는 제일 좋은 방법은 당사자에게 직접 묻는 거라 생각하네."

모두 고개를 끄덕이긴 했으나 동의하는 분위기는 아니었다. 애초에 당사자를 잡아올 수 있다면 이렇게 고민하고 있을 필요도 없기 때문이다.

그럴 수 없으니 의논하고 있는 것이다.

"안타깝게도 불도깨비라는 놈을 잡아올 수가 없으니 이러고 있지만… 직접 행차하셨으니 물어보도록 하지. 불도깨비, 너는 누구지?"

현준이 마른침을 삼켰다.

나한테 묻는 건가?

─대답하지 말지어다. 내 해킹이 들켰을 리는 없도다. 그저 떠보는 것이도다.

현준 또한 같은 생각이다.

강혁호를 포함한 여섯 개의 눈이 로드에 얼굴에 꽂혔다. 갑자기 무슨 헛소리를 하냐는 듯 다들 의구심이 가득 담긴 눈이다.

"아무래도 제 발로는 나올 생각이 없는 모양이군."

로드가 말을 이었다.

"인호."

"예."

로드의 부름에 젊은 사내가 대답했다.

"자네의 추론은 정확했네. 하지만 하나가 틀렸지. 뭔지 궁금한가?"

"예."

"스쿨드보다 뛰어난 연산 능력을 가진 초 인공지능이 왜 없다고 생각하지?"

"그야… 완벽하니까요."

한국을 포함한 전 세계의 어느 곳도 스쿨드만 있으면 해킹할 수 있었다. 물론 같은 초 인공지능을 보유한 곳은 바로 침입을 알아채고 국가적으로 압박을 가할 것이기에 하지 못하고 있지만 하자고 마음만 먹으면 바로 할 수 있다.

"시험해 본 적 있나?"

"그건……."

"없겠지. 그래서 실전이 중요한 걸세. 물론 조직에 얽매인 상태에서 아무하고나 실전을 벌일 순 없으니 그 부분은 이해하지. 그리고 스쿨드보다 메시아가 뛰어나다는 것 또한 이해한다네. 그러니 자네가 만든 서버를 해킹하고 들어와 우리의 정보를 캐고 있겠지."

메시아.

현준은 자신의 침입이 들켰음을 확신했다.

"메시아, 음성 대화 채널 열어줘."

—알았도다. 음성 대화 채널 오픈. 불도깨비 아바타 생성.

화면이 일렁이는 듯 현준의 시야가 흔들렸다. 시야가 안정되자 현준의 아바타 불도깨비가 로드의 뒤에 나타났다.

　로드를 제외한 모두의 커진 눈이 현준에게 꽂혔다. 로드는 뒤를 돌아보지도 않고 말했다.

　"왔나 보군."

　"어떻게 알았지?"

　"무얼? 메시아를? 아니면 네가 침입했다는 사실을?"

　"둘 다."

　"굳이 대답해야 할 이유는 없을 것 같은데?"

　그때 메시아의 목소리가 들려왔다.

　─저들의 접속 위치를 파악하기 위해서는 시간이 더 필요하도다. 시간을 끌거라.

　"그건 그렇지."

　현준은 쿨한 로드의 반응에 쿨하게 대답하고 로드 반대편 테이블에 올라 양반다리를 하고 앉았다. 현준의 파격적인 행보에 중년 여성은 코웃음을 쳤고, 젊은 사내는 입을 벌렸다.

　현준은 자리에 앉은 채로 로드의 얼굴을 바라보았다. 젊은 것을 넘어서 앳돼 보이는 얼굴에 새하얀 피부가 인상적인 남자이다.

　아무리 많이 봐줘야 20대 중반은 되었을까. 현준은 로드에게 시선을 고정한 채로 말했다.

"조금 늦은 것 같지만, 저기 앉아 있는 아저씨가 이야기한 대로 불도깨비다."

현준이 고개를 까딱여 인사하자 로드가 피식 웃으며 말했다.

"어둠의 조정자 가상 회담에 참여한 것을 환영하네."

"불청객까지 환영해 준다니 대인배시네. 원래는 더 많은 정보를 얻어갈 작정이었는데 저 아저씨 눈치가 빨라 벌써 걸려 버렸네. 이걸 어쩐다."

현준은 자신의 가면을 톡톡 두들기며 주변의 반응을 살폈다. 대부분이 어이가 없다는 듯 현준을 바라보고 있었으나 로드만은 차가운 눈으로 현준을 바라보고 있다.

현준은 로드와 눈을 맞추며 말했다.

"이왕 온 거, 대화나 하지. 어때?"

로드는 이제까지 보여주던 것과 똑같은 태도로 천천히 고개를 끄덕였다.

─잘하고 있도다.

"먼저 하나 묻지. 자네는 왜 우리를 적대하는 겐가?"

생긴 것과 목소리 등 무엇과도 매치가 되지 않는 말투에 메시아가 떠올랐다. 현준은 잡생각을 떨치고서 답했다

"마음에 안 들어서. 이제 내 차렌가? 당신은 지금 어디

있지?"

"A구역 225-11."

너무도 정직한 대답에 현준의 입이 살짝 벌어졌다.

"어… 진짜?"

"그거야 자네가 판단할 문제지. 자네는 나를 죽일 셈인가?"

"응."

E구역 어둠의 조정자 강혁호와는 다른 문제이다. 저자는 아버지를 납치한 존재들의 우두머리이자 부통령과 알 수 없는 관계로 엮여 있을 게 분명한 사람이다.

"로드, 당신은 부통령과 무슨 관계지?"

대화 도중 처음으로 로드의 눈동자가 커졌다. 말은 하지 않았지만 그걸 어떻게 아느냐는 눈빛이다.

로드가 대답하지 않자 현준이 미소를 지었다.

"대답하기 힘든 질문인가?"

"아닐세. 의외의 질문이라 잠깐 당황했을 뿐이야. 일단은 사업적 파트너라 해두지."

"흐음, 그래?"

더 묻고 싶었지만 현준 또한 '마음에 안 들어서'와 같은 대답을 해놓고 더 자세한 설명을 기대하기는 힘들었다.

"당신 차례야."

로드는 하얗고 긴 손가락으로 테이블을 톡톡 두들기다
말했다.

"자네, C구역의 지배자가 될 생각 없나?"

"……뭐?"

"말 그대로. 지금 C구역은 공석일세. 어둠의 조정자가 없
는 상태지. 그 자리를 자네에게 주겠네. 부와 명예, 아름다
운 여자와 권력 등 모든 것을 취할 수 있는 자리일세. 그것
말고도 자네가 원하는 것은 무엇이든 이룰 수 있는 자리
지."

D구역 어둠의 조정자인 젊은 사내가 자리에서 벌떡 일어
섰다. 하지만 그는 아무런 말도 하지 못한 채로 로드를 바
라볼 뿐이다.

로드의 결정은 절대적이기 때문이다.

로드는 젊은 사내에게 시선조차 주지 않고 현준을 바라
보고 있었다.

"어떤가?"

현준은 고민하는 척 메시아에게 물었다. 얼굴 전체를 가
리는 형태의 마스크였기에 현준의 입모양만으로도 메시아
는 알아들을 수 있었고, 다른 이들은 볼 수 없는 구조였다.

"메시아, 시간이 얼마나 더 필요해?"

─방어가 견고하도다. 적어도 한 시간 이상이 필요한

데… 그 정도를 끌 수 있는 방도는 없지 않느냐.

"없지."

가상세계가 아니라면 전투라도 벌여서 한 시간을 끌겠지만 이곳은 가상세계. 전투를 할 수 없는 공간이다.

현준은 고민하는 듯 자신의 무릎을 두들겼다. 로드를 비롯한 모두의 시선이 현준에게로 집중되었다.

현준은 방 안에 있는 모두와 시선을 맞춰보았다.

젊은 사내는 분을 이기지 못한 채 현준을 잡아먹을 듯 바라보고 있고, 중년의 여성은 흥미롭다는 듯 웃는 눈으로 현준을 보고 있다.

강혁호는 의미심장한 눈을 하고 있었다.

저 양반은 왜 저래?

―사용자여, 고민할 시간을 한 시간 달라고 해보는 건 어떻겠는가?

메시아가 물어왔다.

"차라리 네가 해킹하고 있으니 시간 좀 달라고 대놓고 말하지 그러냐?"

현준의 타박에 메시아는 꿀 먹은 벙어리가 되었다.

"그리고 네 이름까지 알고 있는 것을 보아서는 해킹하고 있는 사실까지 알고 있을 것 같은데. 아까 그런 말도 했고 말이야. 그런데도 막지 않는 걸 보면 그만큼 뚫리지 않을 여유가 있다는 거고."

─동의할 수 없도다. 나 메시아가 뚫을 수 없는 서버는 없도다.

"저쪽도 초 인공지능을 가지고 있다고 하잖아. 차라리 로드가 말한 위치를 확인해 보는 건 어때?"

─나의 종속들이 확인을 위해 작업을 진행 중이도다.

"그래. 쟤네가 나 이상하게 본다. 더 시간을 끄는 건 힘들 거 같은데, 알아낸 거 있어?"

─…없도다.

"깔끔하게 포기하자. 원래 계획대로 D구역부터 밀어버리면 되지. 안 그래?"

─알겠노라.

메시아와 통신을 마친 현준이 테이블에서 내려왔다.

"내 대답은……."

현준의 입으로 모두의 시선이 쏠렸다.

"노! 내가 미쳤다고 범죄자 집단에 들어가? 내가 비록 누명을 써서 범죄자가 되긴 했지만 본성은 모범 시민이라고."

로드는 입술을 한번 비죽이더니 말했다.

"자네의 뜻이 그렇다면 아쉽군."

"그렇지? 그럼 아까 하던 질문을 마저 이어가지."

현준은 주위를 환기시키고는 물었다.

"로드, 당신의 최종 목표는 뭐지?"

"세계 정복!"

로드는 한 치의 망설임도 없이 대답했다. 자신이 사는 곳을 말할 때와 같은 당당한 자신감이다.

"대단한 포부네. 그러기 위해 다른 사람들의 인권 같은 건 내다 버린 건가?"

"대를 위한 소의 희생은 언제나 있어왔고 당연한 것일세. 더군다나 희생이라 볼 수도 없다네. 나는 절대 강제하지 않는다네. 모두의 결정을 존중하고 그들의 의견을 귀담아듣고 있지."

"하!"

현준이 코웃음을 쳤다.

"그렇다면 믿음하늘교회는 뭐지? 거기에 끌려가 약에 취해 있던 여자들도 자신이 원해서 약에 중독되었나? 그곳에서 뿌린 약은 뭐지, 그럼? 그런 거짓 결정이 강제가 아니면 뭐라는 건데?"

로드는 미소를 지었다.

"그들의 정신력이 약한 것을 왜 나의 탓이라고 하는 것이지? 그들은 내가 아니어도 결국 약에 의존하며 자신을 내버릴 사람들이었다. 아니, 사람이라는 단어가 어울리지 않는 F구역의 벌레들이었지."

자신의 논리를 신봉하며 다른 사람의 말은 절대 듣지 않는, 찍어낸 듯한 벽창호였다. 현준은 굳이 대답하지 않고 가운뎃손가락을 올려 보여주었다.

"네가 그래서 안 된다는 거야, 개 같은 새끼야."

로드는 어깨를 으쓱해 보였다.

"나는 평생을 이렇게 살아왔네. 그리고 자네가 보다시피 어둠의 조정자들의 로드가 되어 있지. 자네가 보기에 내 위치가 낮아 보이나?"

현준은 한숨을 내쉬고는 다른 손의 중지도 올려 보여주었다.

"사회적 위치, 권력, 돈, 명예, 이딴 걸 생각하기 전에 먼저 생각해야 하는 게 있어. 근데 꼭 너 같은 새끼들을 보면 그게 결여되어 있더라. 그게 뭔지 알아?"

"설마 정이나 사랑 따위를 말하는 건 아니겠지?"

"퍽이나 그런 걸 바라겠다. 공감이다, 이 새끼야."

로드는 흥미롭다는 듯 현준을 바라보았다.

"공감이라……. 어째서 내가 공감해야 하지?"

"그냥 닥쳐."

대화를 할수록 기분이 나빠졌다.

이 개 같은 자식을 어떻게 박살 내야 기분이 좋아질까.

현준은 기가 막힌 생각을 떠올리고는 메시아를 불렀다.

"메시아, 혹시 가상 서버에 이런 짓을 하는 게 가능한 가?"

현준의 설명을 들은 메시아는 비음을 흘린 뒤 대답했다.

―프로그램 코드를 짜기 위해 3분이 필요하도다.

메시아가 3분이 필요하다니. 평소라면 현준이 말함과 동시에 프로그램을 만들어냈을 텐데. 그만큼 가상 회담의 보안이 튼튼한 모양이다.

"그 정도야 뭐 내 현란한 입담으로 커버하지."

―알겠노라.

로드가 잠시 생각하는 듯하더니 말했다.

"자네와 나는 평행선을 걷는 듯하군. 그래도 나는 넓은 마음을 가진 사람이네. 즉 자네가 나와 다른 길을 걷는다 해도 자네를 포용할 생각이 있다는 뜻이야."

"엿이나 까 잡수세요. 목 닦고 기다려라."

―버그 프로그램 설치 완료. 발동 코드는 불도깨비.

현준이 미소를 지으며 말했다.

"이 불도깨비 님께서 직접 목을 따러 가줄 테니까."

현준의 말과 동시에 테이블이 있는 회의장에 어둠이 내렸다. 그리고 현준이 로그아웃한 순간, 서버가 강제로 닫히며 모두가 로그아웃되었다.

하지만 바로 접속이 종료된 것은 아니었다.

D구역 어둠의 조정자인 젊은 사내가 검어진 화면을 보며 한숨을 내쉰 순간 그의 눈앞에서 불길이 피어올랐다.

젊은 사내는 깜짝 놀라 가상 서버 접속 장비를 벗으려 했지만 몸이 움직이지 않았다.

"이게 무슨?"

피어오른 불꽃은 천천히 모습을 갖춰갔다. 이윽고 완성된 모습은 탈을 쓴 현준, 즉 불도깨비의 모습이었다.

"너, 너, 뭐야?"

젊은 사내는 자신의 능력을 발휘했지만 어찌 된 영문인지 능력이 발현되지 않았다. 그사이 불도깨비는 젊은 사내에게 다가와 불의 검을 만들어냈다.

"무슨……."

불도깨비는 불의 검을 아주 천천히 젊은 사내의 가슴에 찔러 넣었다. 불의 검이 옷을 태우고 그의 가슴을 파고들었다.

"끄아, 끄아아아악!"

고통이 생생히 느껴졌다. 불의 검으로 젊은 사내의 가슴을 관통시킨 불도깨비는 이어서 검을 하나 더 만들어냈다. 그리곤 젊은 사내의 목을 쳤다.

그 순간, 젊은 사내가 눈을 떴다.

"으아아아악!"

그제야 자신의 몸이 움직인다는 사실을 깨달은 젊은 사내는 가상 서버 접속 장비를 집어 던졌다.

"씨발! 이런 씨발 새끼! 죽여 버리겠어!"

젊은 사내의 눈이 귀화에 휩싸였다.

＊　　　＊　　　＊

"푸하하하! 아주 혼비백산했겠지?"

"당연하도다. 홀로그램의 디테일뿐만 아니라 감촉까지 살린 메시아의 역작이니라. 그것을 겪고 놀라지 않은 사람이 있다면 이 메시아의 목을 내줄 수도 있노라."

현준이 부탁한 것은 홀로그램이었다.

이대로 끝내기엔 임팩트가 부족했고, 얻은 정보 또한 없었다. 물리적으로 타격을 줄 수 없다면 정신적으로 타격을 주는 수밖에.

그때 메시아가 현준에게 휴대폰을 건넸다.

강혁호였다.

그의 이름을 보는 순간 현준의 머릿속에 설마 하는 생각이 떠올랐다.

"설마 이 아저씨한테도 보여준 거야?"

"어… 그렇게 되었도다."

메시아가 현준의 눈을 피하며 대답했다.

이 새끼, 깜빡한 게 분명하다.

현준은 한숨을 내쉰 뒤 전화를 받았다.

"이거… 자네 짓인가?"

"어, 고의는 아니고 우리 해커가 실수를 했어. 미안해. 당신을 빼라고 하는 걸 깜빡했군."

현준은 미안한 감정을 최대한 표시했다.

그 순간 강혁호가 크게 웃음을 터뜨렸다.

"아닐세! 아주 잘했네! 덕분에 오랜만에 죽음의 공포를 맛보았어. 다른 이들도 이 공포를 맛보았을 것을 생각하니 아주 짜릿하구먼. 자네 해커의 실력이 아주 뛰어나군. 감동했네."

어안이 벙벙해진 현준이 멍하니 있는 사이 강혁호가 말을 이었다.

"대단한 실력이었어. 정말 놀랐네. 하지만 다음번에도 이번과 같은 이벤트를 할 생각이 있다면 미리 말해주게나. 정말 죽는 줄 알았어."

강혁호는 신이 난 건지, 아니면 아직 안정이 되지 않은 것인지 들뜬 목소리로 말했다.

"그러도록 하지."

"그래, 그럼 다음에 연락하겠네."

강혁호가 전화를 끊자 현준이 메시아를 향해 어깨를 으쓱해 보였다. 메시아 또한 고개를 갸웃했다.

"이상한 양반이네."

"사용자도 만만치 않도다."

"뭐, 인마?"

메시아는 현준을 따라 어깨를 으쓱해 보인 뒤 말했다.

"그나저나 어떻게 할 것 생각인가?"

"뭘?"

"이번 회담에서 정보를 얻지 못했으니 앞으로의 행보에 문제가 생길 것이 분명하도다. 그것에 대한 대안이 필요하도다."

현준은 휴대폰을 내려놓고 의자 등받이에 등을 기댔다.

"아까도 말했잖아. 전의 플랜대로 가면 된다고. 그냥 D구역을 이 잡듯이 뒤지다 보면 하나쯤 걸리겠지. 안 그래?"

"말이야 간단하도다. 하지만 D구역은 E구역과 F구역을 합친 것보다 더 넓도다. 무작정 뒤지면 몇 달이 걸릴지 모르노라."

현준이 턱을 문질렀다.

몇 달이라…….

"그 넓은 구역, 범죄자 정리 한번 하지, 뭐."

메시아는 한숨을 쉬고 나서 물었다.

"알겠노라. 그럼 E구역은 어떻게 넘어갈 생각이더냐?"

메시아의 말대로 E구역을 넘어서는 것 또한 문제였다. 그냥 넘어가면 저들은 분명히 의문을 품을 것이고, E구역을 조사해 그의 꼬리가 잡힌 순간 강혁호는 물론이고 그의 가족까지 몰살당하고 만다.

"글쎄다. 넌 무슨 생각 있냐?"

메시아가 현준에게 질문했다는 것은 필히 무슨 생각이 있다는 뜻일 것이다.

현준이 되묻자 메시아가 거만한 미소를 지으며 말했다.

"전지전능한 메시아께서는 항상 답을 가지고 있게 마련이도다."

"전지전능은 개뿔, 서버 방화벽도 못 뚫는 놈이."

메시아의 미간이 찌푸려졌다. 하지만 언제 그랬냐는 듯 다시 거만한 미소를 지었다.

"과거의 과오를 들추는 것은 소인배나 하는 짓이도다. 사용자는 언제까지 과거의 허물을 벗지 못하고 살아갈 터인가?"

현준은 귀를 후비고선 말했다.

"말 같지 않은 소리 하지 말고 계획이나 말해봐. 무슨 거창한 계획을 가지고 계시기에 이렇게 뜸을 들이는지 들어나 보자."

"위대한 메시아의 계획은 이렇도다."

현준이 피식 웃었다.

전지전능이 위대한으로 바뀌었기 때문이다.

"E구역을 무시하고 D구역을 치는 것이도다."

현준은 설마 이게 끝일까 하고 다음 말을 기다렸다. 하지만 메시아는 팔짱을 낀 채로 '나의 위대한 계획에 감탄했느냐?' 하는 표정으로 현준을 바라보고 있었다.

"끝이야?"

"그렇도다."

"야, 이 미친… 그럼 E구역이 의심 받을 거 아니야!"

"왜 그렇게 생각하느냐?"

"당연한 거 아니야? F구역 어둠의 조정자들을 모두 잡아 놓고는 E구역은 무시하고 D구역으로 향하면 E구역하고 뭐가 있겠지 하는 생각을 하지 않겠냐?"

메시아는 검지를 곧게 펴고선 좌우로 흔들었다.

"우매한 사용자여, 그것은 그릇된 생각이도다. 어찌 너의 시각으로만 생각하느뇨. 세상을 넓게 보거라. 자, 사용자여, 사용자가 로드가 되었도다."

현준의 표정이 일그러졌다.

"자, 따라해 보거라. 나는 로드이니라."

"꺼져."

"그러지 말고 어서 따라 해보거라."

"후."

현준은 긴 한숨을 내쉬었다.

"그래, 내가 로드다."

"잘했도다. 그리고 생각해 보는 것이도다. 자신들의 돈 세탁 장소를 때려 부수고 A구역까지 쳐들어와서 난동을 부린 불도깨비라는 존재가 있도다. 어떻게 생각하느뇨?"

"잡아 죽이고 싶겠지."

"그렇도다. 그런 존재가 갑자기 나타나 F구역까지 때려 부수었도다. 어떤 기분이 들겠느뇨?"

현준은 어느새 로드 역에 몰입했다.

내가 로드라면 어떻게 생각할까.

"'왜 F구역을 때려 부쉈을까?' 하는 의문이 들겠지."

"그것이도다. 자, 심화 단계노라. 눈엣가시인 불도깨비가 E구역이 아닌 D구역을 때려 부수러 나타났도다. 어떻게 생각하겠느뇨?"

현준은 팔짱을 낀 채로 자신의 팔뚝을 손가락으로 두들겼다. 과연 로드라면, 다른 구역의 조정자들이라면 어떻게 생각할까?

"음… '이 미친놈이 왜?' 라는 생각을 하지 않을까?"

메시아가 손뼉을 치며 말했다.

"바로 그것이로다! 그들에게 불도깨비는 불가해의 존재이노라. 굳이 그들의 상식에 맞추어 움직일 필요가 전혀 없다는 말이로다. 사용자가 나서서 A구역을 직접 공격한다고 해도 그들은 아무런 의심 없이 왜라는 의심을 가질 뿐이로다."

현준은 머릿속에 있는 전구에 불이 들어온 듯했다.

"…그러네?"

"드디어 전지전능한 메시아의 위대한 뜻을 이해했느뇨?"

"대충은."

메시아의 말대로 어둠의 조정자들이 현준에 대해 아는 것은 불을 사용하는 능력자라는 것, 그리고 초 인공지능을 가지고 있으며 범죄자를 싫어한다는 것뿐이다.

앞으로 무슨 행동을 할지 예상해 봤자 그것은 예상이지 현준이 무슨 행동을 하던 그들은 대응하는 것 외에 행동을 할 수 없다는 뜻이다.

"이야, 오랜만에 한 건 했네."

"옳지 않은 소리로다. 나는 언제나 나의 일을 묵묵히 해결하고 있었도다."

"오구오구, 그랬어요?"

메시아는 현준의 말에 대답하지 않고 양팔을 벌렸다.

"위대한 메시아를 찬양하라."

"됐고, 그럼 D구역이 아니라 C나 B를 먼저 치는 게 좋지 않을까? 아니면 확 A구역을 공격한다거나."

"그것 또한 괜찮은 방법이도다."

현준이 의자 등받이에 기대 생각에 잠겼다. 현준이 생각을 하는 사이 메시아 또한 눈을 감고서 서브 AI들과 통신을 했다.

"어떻게 되었느뇨?"

로드가 말한 A구역의 집을 확인하러 보낸 이들과의 통신이다.

─다각도 스캔 결과 일반 가정집입니다. 특이한 점은 발견되지 않았고, 건물 안의 생체 반응은 둘뿐입니다. 노인과 어린아이가 있습니다. 들어가 볼까요?

"긁어 부스럼 만들 필요 없도다. 감시를 위한 종복 한 명만 남겨둔 채 나머지는 돌아오거라."

─알겠습니다.

메시아의 통신 내용을 듣고 있던 현준이 눈을 뜨며 물었다.

"A구역?"

"그렇도다. 다각도 스캔에 아무것도 잡히지 않는 것을 보아 아무런 주소나 말했을 가능성이 98% 이상이도다."

"나머지 2%는 뭐야?"

"나와 나의 종복들의 눈을 숨길 수 있을 정도의 장비가 있을 경우도다."

현준은 '흠' 하며 턱을 긁었다.

"너의 해킹을 막을 정도의 초 인공지능이 있는데 그것도 가능하지 않을까?"

"가능성이 있기에 한 명의 종복을 남겨두었도다. 장기적으로 살펴볼 생각이도다."

"그래. 무슨 일 있으면 알려줘."

"알았도다."

현준은 다시 생각에 잠겼다.

현재 C구역에는 어둠의 조정자가 없는 상태이다.

즉 현준이 들어선다 해도 적극적으로 막을 수 있는 사람이 없다는 뜻이다.

하지만 반대로 생각하면 B구역과 D구역의 견제를 동시에 받을 수 있는 지역이기도 하다.

그렇다면 D구역을 먼저 노린다?

아니면 B구역?

B구역은 A구역과 너무나 가깝다. 현준이 B구역에서 난동을 부리기 시작하자마자 A구역에서 지원이 나올 것이고, 현준이 자주 하는 전략인 히트 앤드 런을 하기 힘들 것이다.

그렇다면 D구역은?

현준은 머리를 벅벅 긁었다.

'역시 머리를 굴리는 건 내 타입이 아니야.'

"메시아."

"왜 부르는가?"

현준은 방금까지 생각한 내용을 메시아에게 말해주었다.

옆에 어지간한 슈퍼컴퓨터를 한 트럭으로 쌓아놓는다 해도 눈 하나 깜빡하지 않을 초 인공지능이 있는데 인간의 머리를 활용하는 것은 비효율적이었다.

현준의 설명을 들은 메시아가 말했다.

"C구역에 똬리를 튼다는 계획이 굉장히 매력적이도다. 사용자가 생각해냈다고 보기 힘들 정도의 수준이노라."

현준은 메시아가 자신을 칭찬하자 어색한 기분이 들어 뒤통수를 긁적였다.

"그래?"

"그렇도다. C구역이 비어 있는 이유를 생각해 본 적 있느뇨?"

"없는데?"

"몰라도 되니 생략하도록 하겠노라. 어쨌거나 C구역에 사용자의 영향력을 키울 수 있는 단체를 만든다면 저들로서는 굉장히 당황스러울 수밖에 없을 것이도다. 물론 시작은 저들 모르게 해야겠지만, 그 정도는 나 메시아의 능력으로 충분히 커버할 수 있도다."

현준이 생각하느라 천천히 고개를 끄덕이자 메시아가 동의의 뜻으로 알아듣고 말했다.

"말이 나온 김에 C구역 은신처를 알아보겠노라."

"어, 그… 래."

"왜 떨떠름한 반응인가, 사용자여?"

"아냐. 호랑이를 잡으려면 호랑이 굴에 들어가야지."

"백 번 천 번 옳은 소리도다."

그렇게 C구역으로의 이사가 결정되었다.

다음날.

"사용자여."

"어."

"감축할 일이 생겼도다. 불도깨비의 현상금이 100억이 되었노라."

"…뭐?"

메시아가 홀로그램을 띄워주었다. 불도깨비의 얼굴이 3D로 프린트되어 있고, 하단에는 '생사 불문. 하지만 불도깨비라는 것을 입증할 수 있어야 함' 이라는 문구가 쓰여 있다.

"대한민국에서 단일 대상 최고 현상금이도다."

"미친……."

"이제 대한민국의 모든 현상금 사냥꾼이 사용자를 노릴 것이도다. 물론 잔챙이들은 액수만 보고도 떨어져 나갈 것이고, 길드 단위로 사냥을 시작하겠지. 하하하!"

메시아는 정떨어지는 얼굴로 계속해서 웃음을 흘렸다. 현준은 메시아의 뒤통수를 때릴까 진지하게 고민하다 물었다.

"죄목이 뭔지 들어나 보자."

"몰라서 묻나? 사회 기관 테러, 민간 기관 테러, 살인, 방화, 사회 분란 조장, 이 뒤로도 자잘한 죄목이 스무 가지가 넘는다."

안타깝게도 틀린 말은 없었다.

현준은 의자에 쓰러지듯 주저앉았다.

"내가 범죄자라니……."

"사용자는 범죄자가 아닌 혁명가이도다. 원래 혁명을 일으킬 때는 정부의 미움을 받는 법이라 하였도다."

메시아가 말로 포장하자 그럴듯해 보이긴 했다.

"그래?"

"그렇도다. 자신의 행동에 자부심을 갖거라, 사용자여."

"혁명가. 그렇지. 나는 혁명가지."

금세 기분이 좋아져 웃고 있는 현준을 보며 메시아가 조그맣게 한숨을 내쉬었다. 현준의 시선이 메시아에게로 향하자 메시아는 다른 주제를 꺼냈다.

"그건 그렇고, 아린이 내일 중으로 돌아온다고 하노라."

"그래? 우린 C구역으로 언제 가는데?"

"지금 건물을 짓고 있도다. 81시간 뒤에 입주할 수 있을 것 같도다."

"건물을 짓는다고?"

"불도깨비 전설의 초석이 될 건물을 아무 곳이나 선택할 수 있겠느뇨?"

현준의 미간이 찌푸려졌다.

"뭔 전설?"

"사용자는 남자의 로망도 모르나?"

"시끄럽고, 무슨 건물을 81시간 만에 지어?"

"자본 문제로 공사가 중단된 건물을 구입해서 내 입맛대로 고치고 있는 중이도다. 아홉 명의 종복이 모두 투입되어 1초도 쉬지 않고 움직이기에 가능한 것이도다. 일반적인 건설로봇과 인력으로는 6개월 이상이 걸릴 공사지. 메시아를 찬양할 지어다!"

현준은 건성으로 박수를 쳐주고서 말했다.

"설계도 있어?"

"봐도 모르는 것을 무엇 하러 보려 하느뇨?"

"그건 그렇지. 그냥 외관이나 보여줘 봐."

메시아는 피식 웃고는 손바닥을 내밀었다. 그러자 메시아의 손바닥 위로 홀로그램으로 된 건물이 떠올랐다.

총 17층의 건물인데 대부분의 공간이 비어 있다. 그중 14층부터 16층까지는 통합되어 있었다.

현준이 그 부분을 가리키며 물었다.

"여긴 뭐야?"

"내 종복들을 생산하는 공간이도다."

"17층은 왜 남겨뒀어?"

"사용자여, 사용자는 이제 소시민이 아니도다. 찬란하던 A구역의 시민 마인드로 돌아올 생각은 없는 것이더냐?"

그것도 그렇다.

이제 현준은 건물 한 채 정도는 살 정도의 현금을 보유하고 있다. 물론 강혁호의 돈이긴 하지만 현준 마음대로 쓸 수 있으니 현준의 돈이나 마찬가지였다.

게다가 초 인공지능을 가지고 있고 어둠의 조정자들과 맞서 싸울 힘까지도 가지고 있다. 그런데 마인드는 소시민에 머물러 있다니.

현준은 자신의 뺨을 짝 소리 나게 때리고선 말했다.

"17층은 내 층인가?"

"그렇도다. 여기 보이는가? 수영장부터 헬리포트, 전면을 유리로 만들어 완벽한 조망권까지 확보되어 있도다. 심지어 유리는 ABBI 합성 유리로 미사일까지 막을 수 있도록 설계되어 있도다."

군이 미사일을 막아야 하나 하는 생각이 들었지만 좋은 게 좋은 것이라고 그냥 넘어갔다.

"그럼 남은 층은?"

"미정이도다. 모자란 것보단 넘치는 게 낫지 않겠느뇨?"

"그래, 마음대로 해라. 14층부터 16층까지 제작 공간으로 쓴다는 건 서브 AI들을 더 만들겠다는 소리야?"

"당연하도다. 보신탕까지 생겼으니 이천 대까지는 동시 운용이 가능하도다. 거기다 미들 허브까지 만들어놓는다면 두 배가 더 가능하고 AVOW 장비를……."

현준은 손을 들어 메시아의 말을 끊었다.

"전에 아홉 대 만드는 데 백 몇 억 들어가지 않았어? 이천 대면 얼마야?"

"오, 사용자여, 아직도 돈 따위를 걱정하고 있느뇨. 사용자는 소시민이 아니도다. 사용자여, 각성하라!"

아무리 그래도 십 몇 억씩 들어가는 서브 AI를 천 대가 넘게 만드는 것은 무리 같아 보였다.

"아니, 그거 만들어서 어디다 쓰게? 이천 대면 세계 정복도 하겠다."

"그것이도다."

"…뭐?"

현준의 미간에 주름이 졌다.

제4장

호랑이를 잡으려면
호랑이 굴에 들어가야지

현준의 표정이 군자 메시아는 한 걸음 앞으로 다가오며 말했다.

"사용자는 야망이 없도다. 이 세상을 살아가는 모두가 원하는 강한 힘을 가졌으면서 왜 이렇게 수동적으로 행동하는가? 사용자가 원하기만 한다면 사용자는 무엇이든 할 수 있는 힘을 가지고 있도다."

"이게 갑자기 미친 소리를 하네. 정신 차려, 인마. 누가 너보고 그런 거 하래? 너는 서포터라며. 사용자의 의지대로 움직이는 서포터. 누가 시키지도, 생각도 안 하는 세계 정복 준비하래? 나는 그냥 모두가 행복하게 사는 것을 원할 뿐이야."

메시아는 이해할 수 없다는 듯한 표정을 지었다.

"흐음, 그것이 사용자의 뜻이라면 수용하겠도다."

현준은 메시아에게서 시선을 떼고 다시 홀로그램을 바라보았다.

"그래, 이상한 생각하지 말고 지금 당장 할 일에 집중해."

"그러도록 하겠노라."

"나머지 층은 어디에 쓰려고?"

"아직은 미정이도다. 두면 어디엔가는 쓰지 않겠느뇨."

"그래."

메시아와 이런저런 이야기를 나누는 사이 시간이 지나고 아린이 도착했다. 보신탕과 함께 아지트로 돌아온 아린은 만족스러운 미소를 짓고 있었다.

그녀는 며칠 만에 만난 현준을 보고 말했다.

"현준!"

"응."

"배고파!"

그럼 그렇지.

현준은 미소를 짓고서 요리를 하기 위해 주방으로 들어

갔다.

이미 오늘 아린이 온다 했기에 미리 장을 봐두었다.

현준이 주방으로 들어가자 보신탕이 그의 뒤를 따라 들어왔다.

"주인님, 도와 드릴게요."

"그래."

머큐리도 그렇지만 보신탕 또한 어지간한 셰프 뺨치는 요리 실력을 가지고 있었다.

기계적으로가 아닌, 말 그대로의 기계이니 그럴 수밖에.

곧이어 식사가 준비되고 아린과 현준, 메시아와 보신탕이 한자리에 앉았다.

"자, 중대 발표가 있어."

현준은 메시아와 논의한 이야기를 아린과 보신탕에게 해주었다. 보신탕은 천천히 고개를 끄덕였고, 아린은 이야기를 듣고는 있는 것인지 의심스러울 정도로 정신없이 음식을 먹고 있다.

이야기를 마친 현준이 보신탕에게 물었다.

"너, 애 굶겼냐?"

"그럴 리가요."

하긴 아린이 굶으면서까지 훈련을 할 사람은 아니다.

"주인님이 해주신 음식이 그리웠나 봐요. 아니면 주인님이 그리웠거나."

굉장한 직설에 현준의 얼굴이 붉어졌다. 아린은 들은 건지 못 들은 건지 여전히 음식에 집중하고 있다.

"그, 그래, 그건 그렇고, 네가 생각하기에는 어때, C구역으로 들어가는 계획?"

"적의 눈을 속이기 위해 적진 한가운데로 들어간다는 건 아주 훌륭한 계획입니다. 물론 그곳에서의 행동은 지금보다 더욱 조심스러워질 염려가 있긴 하지만, 현재 C구역 어둠의 조정자가 없다는 것과 D구역 어둠의 조정자가 C구역을 노리고 있다는 것을 생각하면 조심할 필요조차 없을 것 같습니다."

"왜?"

"로드가 주인님께 C구역 어둠의 조정자 자리를 맡긴다 했을 때 D구역 어둠의 조정자가 분노를 참지 못했다고 하셨죠. 그것만 보면 D구역 어둠의 조정자는 C구역을 노리고 있는 게 분명합니다. 그렇다는 것은 공적에 목이 말라 있다는 소리이고, 주인님을 잡기 위해 눈을 번뜩이고 있을 게 분명하다는 거죠."

현준이 고개를 끄덕였다.

가상 회담을 마치고 퇴장할 때 D구역 어둠의 조정자의 현준을 바라보던 눈빛에는 살기를 넘어선 귀화가 담겨 있었다.

"주인님께서 C구역에서 어떤 일을 벌인다 해도 B구역 어둠의 조정자가 개입할 가능성은 낮아요. 만약 개입한다 해도 D구역 어둠의 조정자가 나서서 그녀를 막아줄 가능성이 크죠."

충분히 가능성 있는 추론이었다.

그녀의 말을 듣고 있던 현준이 말했다.

"그놈이 나를 잡는다는 것은 어불성설이니까 못 잡는다 치고, 로드의 인내심이 얼마나 갈까?"

현준이 C구역에서 날뛰고 있는데 근처의 지배자들이 처리하지 못한다면?

로드가 직접 나설 것이다.

그때까지의 시간은 얼마나 될 것인가?

"글쎄요. 로드에 대해 파악된 정보가 너무나 적습니다."

현준은 의자 등받이에 몸을 기댔다.

현준이 로드를 치기 전 어둠의 조정자들을 제거하는 것은 수족을 자르기 위해서였다.

로드를 제거한다 해도 어둠의 조정자가 있는 이상 그를 대신할 이들은 수없이 나타날 것이다.

아래부터 차근차근 정리해 발본색원해버리려는 생각이다.

도중에 로드가 나선다면 현준은 A와 B, 그리고 D구역 어둠의 조정자들을 동시에 상대해야 한다.

소수로 게릴라전을 펼치는 것도 한계가 있으니 하나씩 상대하는 게 훨씬 편하다. 게다가 로드를 없애는 것이 아닌, 아버지에게 씐 누명에 대해서도 밝혀내야 한다.

모두가 고민에 빠진 사이 메시아가 말했다.

"두 달. 로드가 행동으로 옮길 시간은 석 달이라 예상되도다."

"왜?"

"지금까지의 모든 행동에 대한 통계를 내보았도다. 최소 57일, 최대 91일이도다. 물론 단순한 변덕에도 바뀔 수 있는 것이 통계지만 아무런 정보가 없으니 이것을 기반으로 행동하는 게 최선이도다."

현준이 고개를 끄덕였다.

아무런 기약도 없이 움직이는 것보다 어느 정도의 값이라도 추론해 놓고 움직이는 것이 나을 것이다.

짝!

현준은 손뼉을 한 번 쳐서 모두의 이목을 집중시켰다.

"자, 그럼 C구역에 들어가서 해야 할 일을 설명할게. 범죄자 소탕. F구역에서부터 해온 것들을 꾸준히 할 거야. 아린과 나, 그리고 메시아의 서브 AI들을 주축으로 움직이며

C구역을 소탕한다. 그와 동시에 D구역 어둠의 조정자에 대한 정보를 수집한다. 질문 있는 사람?'

다들 현준을 바라보고 있을 뿐 다른 의견은 없어 보였다.

"그럼 C구역의 건물이 완성될 때까지 휴식!"

✳　　✳　　✳

C구역의 외곽.

전면이 유리로 되어 있는 17층짜리 빌딩 앞에 네 사람이 섰다.

"이야……!"

완성된 건물을 올려다본 현준의 입이 떡 벌어졌다.

"후후."

메시아는 자신이 세운 건축물을 보면서 거만한 표정을 지었다.

"이것이 메시아의 작품이도다."

보신탕이 박수를 치며 말했다.

"멋진 건물이네요."

"그럼, 누가 설계한 건물인데 멋지지 않을 수 있겠느뇨."

메시아의 콧대가 하늘 높은 줄 모르고 솟았다.

현준 일행은 외관 감상을 마치고 건물로 들어갔다.

"멋진데?"

1층 로비부터 세세한 인테리어까지 신경을 쓴 것인지 고급스러운 느낌이 들었다.

마치 5성급 호텔 입구에 들어선 느낌이다.

로비의 인포메이션 센터에는 머큐리가 정장을 입고 미소를 짓고 서 있다.

"어서 오십시오."

머큐리의 인사를 받으며 1층 로비를 지나 엘리베이터를 타고 17층으로 향했다.

현준의 개인 공간이자 집무실이 있는 곳이다.

엘리베이터의 문이 열림과 동시에 거대한 사무실이 눈에 들어왔다.

척 보기에도 비싸 보이는 가구들이 곳곳에 비치되어 있고 적재적소에 배치된 조명이 품격을 더해 주고 있다.

"와우!"

어지간한 호텔의 스위트룸보다 나아 보였다.

"멋지네."

한참 동안 건물의 곳곳을 구경한 일행은 17층 사무실에 모였다.

"아지트에만 박혀 있느라 몸이 찌뿌둥하지? 오늘부터 범죄자 소탕 시작한다."

"그래."

아린은 벌써부터 불도깨비 마스크를 장착한 상태였다.

"어디서부터 시작하지?"

"C구역 전부. 메시아가 아지트에서 가까이 있는 범죄자들에 대한 정보를 전송해 줄 거야. 움직이면서 검거하고, 너를 서포팅 하는 서브 AI들에게 신병을 인도하면 끝."

"현상금 사냥꾼 길드 같네."

"바로 그거야. 사람을 늘릴 수 있으면 좋겠지만 지금 당장은 믿을 수 있는 사람이 몇 없으니 서브 AI들과 우리 둘이 한다. 하지만 하는 일은 현상금 사냥꾼 길드랑 똑같지."

현준의 말에 아린이 고개를 끄덕였다.

"후후후후."

그때 메시아가 음침한 웃음소리를 흘렸다.

"사용자여, 아직 중요한 이벤트가 남았도다."

메시아의 웃음소리에 돋은 소름을 문지르던 현준의 얼굴에 의문이 떠올랐다. 메시아는 자리에서 일어서더니 수영장으로 향하는 문 앞에 섰다.

"소개하겠노라. 이 몸의 종복, 그 두 번째 시즌!"

메시아가 양팔을 하늘로 들었다.

그러자 유성이 쏟아지듯 하늘에서 빛줄기가 쏟아져 내렸다. 빛줄기들은 조금씩 형체를 갖추며 메시아의 뒤로 다가와 섰다.

"맙소사!"

빛의 기둥의 수가 기하급수적으로 늘어갔다.

현준은 스무 개까지 세고선 세는 것을 그만두었다.

빛의 기둥이 수영장이 있는 야외 테라스를 가득 메웠다.

"…저게 다 서브 AI야?"

아린 또한 토끼눈을 하고 오랜만에 감정 표현을 했다.

메시아는 빛의 기둥에 둘러싸인 채로 오케스트라의 지휘자처럼 양팔을 너울대었다.

마침내 빛의 기둥이 꺼졌을 때,

"99명의 종복이 탄생하였도다!"

메시아의 뒤로 불도깨비 마스크를 쓰고 검은 개량한복을 입은 99명의 사람들이 한쪽 무릎을 꿇은 채로 현준을 바라보았다.

"허, 어떻게?"

"사용자여!"

"주인님."

나긋한 목소리였으나 99명이 동시에 말하자 장엄한 오케스트라 연주 같은 웅장한 느낌을 주었다.

현준이 멍하니 있는 사이 메시아가 말을 이었다.

"메시아를 경배하라!"

품행은 사이비 교주보다 경박했으나 메시아의 뒤에 무릎을 꿇고 있는 이들 덕에 경건함이 느껴졌다.

"언제 준비한 거야?"

"후하하하하!"

현준은 메시아의 옆에 서서 그의 머리를 헝클어뜨렸다.

"고맙다."

"고마울 것 없도다. 나의 목표는 사용자를 서포트하는 것."

"이럴 땐 그냥 예라고 하면 되는 거야."

메시아는 들은 척도 하지 않고 말했다.

"사용자여, 어떤가? 아직도 지구 정복을 할 생각이 들지 않는가? 이 정도 전력이라면 대한민국은 물론이거니와 세계 정복도 할 수 있을 것이도다!"

"시끄러, 인마."

전의 인원까지 더하면 총 108기의 서브 AI가 생긴 셈이다. 게다가 메시아와 보신탕까지 총 110기의 인공지능이 현준을 보필한다.

현준은 뒷목에서부터 발끝까지 돋는 짜릿한 소름에 몸을 부르르 떨었다.

"…진짜 무엇이든 가능하겠는데."

"그렇도다!"

현준의 혼잣말에 메시아가 대답하며 한 손을 들어 올렸다.

그러자 무릎을 꿇고 있던 불도깨비들이 몸을 일으켰다. 마치 북한의 제식을 보는 듯 모두가 한 동작으로 움직였다.

"사용자여, 이들의 주인으로서 해줄 말이 없느뇨?"

불도깨비들의 고개가 들리며 시선이 현준에게로 향했다. 현준은 주먹을 쥐었다 폈다 반복했다.

"어……."

현준이 침을 꿀꺽 삼키고 말을 이었다.

"잘 부탁한다."

침묵.

메시아가 현준의 옆구리를 툭 찔렀다.

"그게 끝인가?"

"끝인데?"

"어휴. 이 위대하신 메시아 님의 사용자로서 조금 더 품위 있는 모습을 보여주길 바란다."

메시아는 목을 가다듬고 뒤로 돌아 서브 AI들을 바라보며 말했다.

"나의 종복들이여, 이 사람이 너희들의 주인이다! 너희의 생명은 이 사람을 위해 쓰일 것이고, 이 사람을 위해 만들어진 것이다! 항상 머릿속에 새기고 행동 하나하나 할 때마다 감사하도록 하거라!"

"예!"

멋있다.

말을 마친 메시아가 현준을 올려보며 말했다.

"사용자여, 첫 명령을 내려 보도록 하여라."

잠시 고민하던 현준이 말했다.

"C구역 범죄자 소탕."

현준의 말이 끝나는 순간,

"들었는가?"

"예!"

"그럼 명령을 이행하도록 하라!"

99개의 빛줄기가 건물 옥상에서 사방으로 흩뿌려졌다.

빛이 가셨을 때 옥상 위에는 남은 사람은 네 명뿐이었다.

*   *   *

어느새 해가 지고 달이 뜬 시간.

"사, 살려주세요."

"누가 죽인데? 재미 좀 보자는 거지."

검은 복면을 쓴 사내가 손에 들고 있던 칼을 내려놓고 벨트 버클을 풀었다.

어두운 골목 끝에 쓰러져 오들오들 떨고 있던 여성이 지독한 공포에 눈을 감는 순간,

"끄억……."

쿵.

단말마와 함께 사내가 쓰러졌다.

눈을 감은 지 한참이 지나도 아무런 일이 벌어지지 않자 여성이 눈을 떴다.

"어?"

방금까지 여성을 위협하던 사내는 사라지고 사내가 들고 있던 칼만이 바닥에 떨어져 있다.

"F구역이고, C구역이고 아랫도리의 숙주들은 어디에나 있는 모양이야."

서브 AI가 강간을 하려던 범죄자를 잡는 현장을 지켜본 현준이 혼잣말을 했다.

굳이 현준이 나설 필요도 없었다.

메시아와 보신탕이 아지트에서 정보를 제공하면 서브 AI 들이 나타나 범죄자를 검거했다.

실시간으로 저지르는 범죄부터 현상금이 걸린 범죄자들 까지 순식간에 오랏줄에 포박당해 경찰서 앞에 던져졌다.

범죄자들의 목에 그들의 죄목이 쓰인 판을 걸어주는 것

도 잊지 않았다. 현상금이 아깝다는 생각이 들긴 했지만 메시아의 말대로 소소한 것에 신경 쓰는 것보다 범죄자를 소탕하는 것이 먼저였다.

현준은 어둠이 내린 C구역을 돌아다니며 서브 AI들의 활약을 지켜보았다. 가끔씩 개조자들이 반항할 때면 십 수 명의 서브 AI가 나타나 제압했다.

즉 현준이 할 일이 없었다.

"메시아."

―왜 부르는가, 사용자여.

"내가 할 일은 없나?"

―물론 있도다. 하지만 알려주면 재미없지 않겠느뇨.

지루한 표정으로 달을 바라보던 현준의 눈에 이채가 떠올랐다.

"오, 내가 나서서 잡을 만한 범죄자가 있어?"

―그렇도다.

"누군데?"

―C구역의 가장 큰 폭력 조직, 새나라파이도다.

"…이름 참 거시기하네."

현준은 콧잔등을 긁고서 물었다.

"서브 AI들로 처리 안 돼?"

―나의 종복들을 무시하지 말지어다. 물론 가능하지만,

사용자의 위엄을 살리기 위해서는 행동하는 모습을 보여야 할 것 아니더냐? 그렇기에 남겨둔 것이도다.

"그래, 그 새나라파라는 놈들은 어떤 놈들인데?"

―어둠의 조정자가 없는 C구역에서 어둠의 조정자 노릇을 하고 있는 녀석들이도다. C구역의 모든 범죄는 그들의 손끝에서 시작된다고 해도 과언이 아니도다. 그런 만큼 개조자의 수도 많고 철저한 점조직으로 이루어져 있어 나도 아직 그들의 수뇌를 파악하지 못했노라.

"재미있겠네."

―이것은 놀이가 아니니 재미로 생각하지 말지어다. 사용자의 어깨에 걸린 짐의 무게를 항상 생각하고 움직일지어다.

"어제까지만 해도 세계 정복하자고 하던 놈이……."

메시아는 현준의 구시렁거림을 무시하고 제 할 말을 이었다.

―일단 지금까지 알아놓은 정보를 보내겠노라.

"그래."

메시아의 말이 끝남과 동시에 현준의 눈앞에 홀로그램이 떠올랐다. 불도깨비 마스크를 이용한 홀로그램 기능이다.

현준은 홀로그램으로 이루어진 페이지를 넘기며 새나라파에 대한 정보를 읽어나갔다.

"조직원이 알려진 것만 300이 넘는다……. 그중 개조자가 10% 정도. 그럼 30명가량이라는 건가? 현상금이 5천 이상인 범죄자가 셋, 두목은 5억이라……."

현상금의 액수가 군침을 흘릴 만했다. 하지만 그런 현상금이 유지되기 위해서는 그만큼 강력한 힘을 가지고 있고, 큰 범죄들을 저지르고도 잡히지 않았다는 뜻이다.

"뭐 상관없지만."

물론 현준에게는 그 모든 것이 아무런 문제가 되지 않았다.

전 세계에서 가장 유능하다고 자기 입으로 말하는 AI와 가공할 만한 힘이 있으며, 현준을 보좌해 줄 서브 AI들까지 있으니 무서울 것이 없었다.

무엇보다,

"한계를 알고 싶어."

현준은 아직 자신이 가진 힘의 한계를 몰랐다.

얼마 전 메시아와의 실험으로 방어기제를 알게 된 것으로 만족할 순 없으니 더욱 열심히 해봐야지.

현준은 생각을 정리하며 홀로그램을 넘겨보았다.

대부분의 프로필은 사진이 없거나 흐릿했는데, 서혜미라는 여성 한 명만큼은 확실하게 프로필이 적혀 있었다.

얼굴 사진부터 사는 곳, 직장까지 나와 있다.

그녀는 새나라파의 중간보스 중 하나로, 클럽 여러 개를
관리하는 여자였다.

하지만 정보는 거기까지였다.

다 밝혀진 듯했으나 클럽을 소유하고 있다는 정보 외에
서혜미에 관한 것은 나와 있지 않았다.

"웃차."

현준이 자리에서 일어나며 기지개를 켰다.

"이럴 때는 직접 부딪치는 게 최고지."

현준은 불도깨비 마스크를 쓴 그대로 서혜미가 운영하는
클럽을 찾아갔다. 아직 이른 저녁임에도 클럽 입구에는 많
은 사람들이 줄을 서서 기다리고 있었다.

입구에 서서 인원을 통제하던 가드는 현준이 다가오는
것을 보고 미간을 찌푸렸다.

할로윈 기간도 아니고 다른 이벤트 기간도 아닌데 이상
한 코스튬을 입고 온 것이 수상했기 때문이다.

줄을 서지도 않고 바로 가드에게로 향한 현준이 말했
다.

"서혜미."

마치 지저에서 울리는 듯한 괴기스러운 목소리에 가드가
놀란 얼굴로 한 걸음 물러났다.

하지만 담이 작은 녀석은 아닌 듯 가슴을 쫙 펴며 말했다.

"뭐라는 거야?"

"너희 사장, 서혜미."

가드의 미간이 찌푸려졌다.

어쭙잖은 피라미인 줄 알았더니 사장 이름을 들먹인다. 가드는 혹시나 하는 생각을 무시하며 현준에게 말했다.

"들어가고 싶으면 조용히 줄서라."

현준은 가드의 얼굴 옆에 뜬 신상 명세를 읽어보았다. 이름과 나이를 제외하고 전과 면에서는 깨끗했다.

물론 걸리지 않은 범죄를 저질렀을 수도 있고, 언젠가 범죄를 저지를 수도 있지만 지금은 아니었다.

즉 힘으로 치워 버리기에는 꺼림칙한 시민이었다.

현준은 굳이 힘을 쓰지 않고 다시 한 번 물었다.

"새나라파 중간보스 서혜미, 여기 있느냐고 물었다."

그제야 가드의 얼굴이 파리해졌다.

새나라 파라는 것까지 알고 왔다는 것은 서혜미를 알고 있다는 것, 가드와 같은 말단이 상대할 사람이 아니었다.

가드는 급하게 무전기를 들고 뒤로 돌았다.

갑자기 나타난 도깨비 코스튬을 입은 남자와 가드의 말다툼은 사람들의 이목을 끌기 충분했다.

클럽에 입장하기 위해 지루한 기다림을 참던 사람들은

구경거리를 놓치지 않고 스마트폰을 꺼내 현준과 가드 쪽으로 들이댔다.

그러자 가드들이 나서서 그들의 촬영을 막았다.

험상궂은 얼굴에 어깨까지 있는 이들이 나서자 사람들은 조용히 스마트폰을 주머니에 넣었다.

무전기를 든 가드가 몇 번 무전을 하더니 현준에게 고개를 숙여 사과했다.

"죄송합니다. 이쪽으로 오시지요."

뜻밖의 전개에 마스크 아래의 현준의 미간이 찌푸려졌다. 현준은 가드의 뒤를 따라 클럽 안으로 들어가면서 생각했다.

불도깨비 마스크와 코스튬은 현준의 상징과도 같다.

가드가 보고를 했고, 그것을 들은 서혜미가 현준이 불도깨비임을 파악했다?

충분히 가능성 있는 이야기다.

그렇다면 저들이 어떻게 나올 것인가?

사실 어떻게 나오던 상관은 없었다. 현준은 새나라파를 뿌리 뽑기 위해 나선 것이니까.

물론 제일 큰 범죄 집단인 새나라파를 없애고 나면 자잘한 범죄 조직들이 우후죽순처럼 일어날 것이다.

현준이 원하는 것이 그것이다.

가장 큰 범죄 조직이 궤멸되고 나면 다들 지역의 패권을 잡기 위해 이를 드러낼 것이고, 그때 현준을 비롯한 불도깨비들이 나서서 그들을 모두 소탕하는 작전이다.

가드의 뒤를 따라 걷던 현준의 입가에 미소가 걸렸다. 현준은 아무리 자잘한 범죄자 하나라도 놓칠 생각이 없었다.

"이쪽입니다."

가드가 안내한 곳은 현준의 예상과 달랐다.

쓰레기장?

생각을 마치기도 전에 현준의 뒤통수가 싸늘했다.

현준은 재빨리 몸을 숙이며 뒤를 올려 찼다.

그러자 현준의 머리를 쇠파이프로 후려치려던 사내가 저 멀리 날려가 벽에 부딪쳤다.

쓰러진 사내의 옆으로 열댓 명의 사내가 쇠파이프를 들고 나타났다.

쓰레기장 내부에서도 열댓 명이 나타나 거의 서른에 가까운 사내들이 현준을 둘러쌌다.

"이런 씨발! 쳐!"

현준은 피식 웃고서 양손을 들어 올리며 말했다.

"퐈이아~"

장난스러운 말투.

하지만 그의 손끝에서 피어오른 불꽃은 장난이 아니었다.

온갖 쇠뭉치를 들고 현준에게 달려들던 이들은 1미터가 넘게 솟아오르는 불꽃에 주춤했다.

"뭐해, 새끼들아! 개조자 처음 봐?"

행동대장으로 보이는 떡대의 고함에 하나둘씩 현준에게 다가오기 시작했다. 현준의 양손에서 솟아오른 불꽃이 채찍처럼 너울거렸다.

일반적인 방법으로는 상대하기 힘들다 생각했는지 행동대장과 몇몇 사내가 레이저로 된 검을 들고 나섰다.

현준의 눈에 이채가 어렸다

레이저 검?

그들은 불꽃의 채찍을 향해 겁도 없이 달려들었다.

현준은 불의 채찍을 휘둘러 검을 쳐냈다.

일부러 강도를 조절했기에 검이 녹진 않았다.

그들의 실력이 어느 정도 되는지 알고 싶었기 때문이다.

일곱 명의 사내는 하루 이틀 수련한 것이 아닌지 나름 매서운 검술을 구사했다.

마구잡이로 휘두르는 것이 아닌, 검로가 있는 검술이었다.

어느 정도 간을 본 현준이 채찍을 거세게 휘둘렀다.

그러자 일곱 명의 사내들이 들고 있던 검이 모두 손잡이만 남고 녹아 없어졌다.

순간 벌어진 상황에 어안이 벙벙해진 사내들이 정신을 차리기도 전에 현준의 채찍이 그들의 목을 감쌌다.

그들은 자신의 목을 휘감은 불꽃이 뜨겁지 않다는 사실에 놀라면서도 공포감에 질려 채찍을 만지지도 못한 채로 발버둥 쳤다.

그사이 불도깨비 가면을 쓴 현준이 말했다.

"서혜미, 어딨어?"

*　　　*　　　*

가드가 안내한 곳은 클럽 내부가 훤히 내려다보이는 라운지였다. 완벽하게 방음 시설이 되어 있는 라운지 내에는 검은 단발에 구릿빛 피부, 육감적인 몸매가 인상적인 여자가 앉아 있다.

문을 열어준 가드가 퇴장하자 여자가 현준에게 다가오며 말했다.

"반가워요. 서혜미예요."

그녀는 한 손에 언더 록 잔을 든 채로 현준에게 악수를 건넸다. 현준은 악수를 받지 않고 말했다.

"살고 싶은가?"

서혜미의 동공이 확대되었다.

그녀가 손을 내민 채로 말했다.

"무슨… 소리죠?"

"살고 싶으냐고 물었다."

그녀는 들고 있던 위스키로 목을 축이고 뒤편에 있는 소파에 다리를 꼬고 앉았다.

현준은 아무런 말도 하지 않고 그녀의 대답을 기다렸다.

그녀는 위스키 한잔을 비우고선 새로 잔에 따르며 말했다.

"한잔 드릴까요?"

"대답 먼저 듣지."

그녀는 한숨을 내쉬며 클럽 라운지를 내려다보았다.

"…당신의 행보는 익히 들었어요. 언젠가 C구역에도 나타날 거라 생각은 했지만 생각보다 빨리 오셨네요."

서혜미는 대답이 없는 현준을 한 번 바라보더니 잔을 하나 더 꺼내 들었다.

"당신이 이곳에 오기 전까지만 해도 아무리 불도깨비라해도 F구역의 잔챙이들을 정리한 주제에 C구역을 노릴 수나 있겠는가 하는 생각을 했어요. 그런데 당신은 진짜군요."

새로 꺼낸 잔에 갈색 위스키를 반쯤 채우고 얼음까지 띄운 서혜미가 현준에게 잔을 건네며 말했다.

"어떻게 하면 제가 살 수 있죠?"

제5장

닭을 잡는 데 소 잡는 칼을 뽑으면?

"정보 제공."

서혜미가 입을 열었다.

"새나라파를 없앤다 해도 범죄자들이 완전히 사라지진 않아요."

"네 알 바 아니다."

단호한 대답에 서혜미가 위스키를 들이켰다.

"정보를 제공한다면 저를 어떻게 하실 거죠?"

"살려주지."

"그럼 다른 사람들은?"

"죄질에 따라 처분한다."

서혜미는 초조한 듯 손가락으로 테이블을 두들겼다.

살인이나 강간, 방화 같은 중범죄를 저지른 적은 없지만, 어둠의 세계에서 버티기 위해 저지른 범죄는 좀 되었다.

물론 겉으로 들킨 적은 없기에 표면적으로 얼굴마담을 하고 있긴 하지만 문제는 이 남자가 얼마나 알고 있을까.

서혜미는 머릿속으로 계산했다.

현준은 서혜미가 따라준 위스키를 마시며 그녀의 대답을 기다렸다.

굳이 그녀가 아니더라도 서혜미를 대체할 수 있는 수단은 많았다.

그저 시간과 노력이 더 들어가기에 귀찮을 뿐이지.

서혜미가 입술을 깨물었다.

그녀가 본 것은 CCTV의 화면일 뿐이지만, 그의 몸에서 일어나는 불꽃이 주는 공포는 화면을 넘어서 그녀의 뇌로 직접 전달되었다.

이길 수 없는 존재.

지금은 선택해야 할 때였다.

이윽고 서혜미가 말했다.

"조건이 있어요."

"뭐지?"

"지금 바로 경찰에 넘겨주세요."

"그러지."

서혜미는 고개를 끄덕이고 말했다.

"뭐가 궁금하시죠?"

"새나라파의 조직도."

그녀는 소파에 앉은 채로 홀로그램을 띄웠다.

그때 메시아가 말했다.

—사용자여, 서혜미의 홀로그램에 손을 대보아라.

메시아의 말을 들은 현준이 소파에서 일어나 서혜미의 홀로그램에 손을 집어넣었다.

그러자 홀로그램이 제멋대로 조작되기 시작했다.

서혜미는 놀란 눈으로 현준과 홀로그램을 번갈아 보았다.

개인 홀로그램은 머릿속에 있는 칩과 연동되어 인증된 사용자가 아니고서는 볼 수도, 조작할 수도 없는 구조였다.

그런 것을 손을 대는 것만으로 해킹하다니?

서혜미가 놀라는 사이 메시아는 해킹한 정보를 현준의 눈에 띄워주었다.

—C구역은 썩었도다.

현준이 고개를 끄덕였다.

서혜미의 개인 홀로그램을 해킹한 결과 C구역의 고위급

관직자들은 대부분이 새나라파와 연루되어 있었다.

보스의 신상까진 알 수 없었지만 바로 밑인 부보스의 이름까진 알아낼 수 있었다.

"현승민, 이자는 어디에 있지?"

이름을 제외한 다른 신상명세는 알 수 없었지만 이름 하나만으로도 충분했다.

"센터 빌딩에 오피스텔이 있어요. 거기에 거주한다고 알려지긴 했지만 저도 명령을 받는 입장이라 자세히는 몰라요."

서혜미는 말 그대로 얼굴마담이었다.

새나라파가 외적으로 비춰지는 부분을 관리하고 아래 있는 부하들을 총괄하는 위치였다.

그렇기에 그녀보다 위에 있는 간부들에 대한 정보는 많지 않았다.

현준은 고개를 끄덕이고 그녀를 바라보았다.

"살인 교사, 마약 유통, 성매매."

모두 그녀가 저지른 죄목이다.

서혜미는 대답하지 않고 고개를 숙였다.

현준은 허리춤에서 수갑 대신 사용하는 오랏줄을 꺼내 들었다.

메시아가 콘셉트을 맞춘다는 명목 하에 만든 물건으로,

겉보기에는 붉고 굵은 줄이나 어지간한 와이어보다 질기며 묶인 뒤 혼자 힘으로는 절대 풀 수 없는 수갑이다.

현준은 그녀의 손목에 오랏줄을 채운 뒤 클럽 밖으로 끌고 나왔다.

그러자 대기하고 있던 불도깨비들이 그녀를 넘겨받았다.

그녀의 부하들은 미리 언질을 받은 것인지 별다른 저항 없이 현준과 불도깨비들을 바라보고 있을 뿐이다.

현준은 클럽 입구를 슥 훑어본 뒤 그의 명령을 기다리고 있는 불도깨비들에게 말했다.

"정리해."

"예!"

불도깨비의 모습을 한 서브 AI들이 클럽으로 들어갔다.

현준은 그들을 뒤로한 채 서혜미가 말해준 센터 빌딩으로 향했다.

빌딩으로 이동하는 도중 현준이 메시아에게 물었다.

"다른 범죄자들 정리는 어때?"

―이 주일 안에 모두 정리될 듯하다.

"수가 얼마나 되는데?"

―C구역에 거주지를 두고 있는 범죄자의 수는 만여 명가량이도다. 개중 경범죄자들은 차치하고 중범죄자부터 잡아들이고 있도다.

"대단하네."

이 기세라면 말 그대로 범죄를 뿌리 뽑는 것이 가능할 수도 있을 것 같았다.

"서울 전체의 범죄자 수는 얼마나 돼?"

—서울의 인구수는 14,221,319명. 이 중 범죄자의 수는 약 0.3%로 5만 명가량 되노라. 범죄자의 수가 가장 많은 구역은 C구역으로 그 뒤로 D와 F구역이 있고, B구역 또한 적지 않도다.

현준은 쯧 하고 혀를 찼다.

"그게 등록된 범죄자의 수지?"

—그렇도다. 경찰청 데이터베이스에 등록된 범죄자의 수가 저 정도이고, 드러나지 않은 범죄자는 더 많도다.

"다 잡아넣어야지."

—너무 깨끗한 물에는 물고기가 살 수 없도다, 사용자여.

"물고기가 아니라 사람이니까 살 수 있겠지. 게다가 적응의 동물이잖아?"

—······.

현준의 말에 메시아는 대답하지 않았다.

대화를 나누는 사이 현준은 센터 빌딩에 도착했다.

해가 지고 어둠이 내린 시간에도 C구역의 번화가는 불야성을 이루고 있었다.

그 한가운데 있는 센터 빌딩 또한 마찬가지였다.

"안마, 마사지, 노래방… 무슨 유흥 빌딩이냐?"

—정확하도다. 범죄의 온상이지만 C구역의 유지들도 애용하기에 아무런 제제를 받지 않는 건물이도다.

"미친놈들."

현준은 불도깨비 마스크를 톡톡 두들긴 뒤 건물 입구로 향했다. 그들은 어떤 연락을 받은 것인지 현준의 모습을 보자마자 어디론가 전화를 걸어댔다.

"여기서 나가는 전파 다 차단하고 동시에 해킹해서 우리에게 필요한 정보만 걸러낼 수 있나?"

—누워서 식은 죽 먹기도다.

"그리고 건물 밖에 서브 AI들 대기시켜 줘."

—몇 명이나 필요하느뇨?

"이 건물에 있는 범죄자 전부 잡아넣을 수 있을 정도. 그리고 건물이 무너졌을 때를 대비할 수 있을 정도."

—건물 자체를 무너뜨릴 생각이느뇨?

"뭐, 상황 봐서."

—알겠도다.

이제부터는 메시아가 나설 수 없는 공간, 즉 현준의 영역이다.

건물에 들어선 현준은 곧바로 천장을 향해 불을 쏘아 올렸다.

그러자 화재경보기와 스프링클러가 작동하며 건물 내에 사이렌 소리가 울려 퍼지기 시작했다. 현준은 거기서 멈추지 않고 로비 곳곳에 불을 뿌렸다. 건물 외장재에 불이 붙자 매캐한 연기가 로비를 가득 채웠다.

그러곤 기다렸다.

얼마 지나지 않아 수많은 사람들이 엘리베이터와 계단을 통해 쏟아져 나왔다.

그들은 로비 한가운데 선 불도깨비를 보고 흠칫했지만, 자기 목숨이 더 소중한지라 현준을 지나 건물 밖으로 뛰어나갔다.

시간이 지나고 더 이상 사람이 나오지 않자 현준은 로비를 태우고 있던 불을 몸속으로 흡수해 버렸다.

─12층에 큰 공간이 있도다. 거기에 40명가량의 사람이 모여 있도다. 개조자 또한 다수인데다 이것저것 무기를 구비해 둔 듯하다.

"알았어."

곧이어 연기까지 가시자 현준은 엘리베이터로 향했다.

총 세 대의 엘리베이터 앞에 도착한 현준은 엘리베이터를 전부 1층으로 불렀다.

문이 열리고 아무도 없는 것을 확인한 현준은 엘리베이

터의 줄을 끊어버렸다.

그러자 굉음과 함께 먼지가 피어올랐다.

모든 엘리베이터를 무용지물로 만들어 버린 현준이 메시아에게 물었다.

"계단은 하나지?"

─그렇도다. 건물에서 밖으로 나오는 루트에는 모두 나의 종복들이 대기하고 있으니 범죄자들이 도망칠 것은 생각하지 않아도 되노라.

"땡큐."

현준이 계단을 올랐다.

2층, 3층 건물에 남은 사람은 없었다.

유흥을 위해 화려하게 지어진 건물이 현준을 맞이했다.

현준은 한 층, 한 층 살펴보며 12층까지 올라갔다.

12층의 문 앞에 선 현준이 말했다.

"아직도 그대로야?"

─그렇도다.

"건물에 남은 사람은 없나?"

─모두가 대피를 마쳤도다. 그러니 마음껏 불꽃놀이를 해보도록.

현준은 대답하지 않고 불의 거인으로 화했다.

순식간에 2m가 넘는 불의 거인이 된 현준이 철문을 발로 찼다.

그러자 폭탄이 터지듯 문이 날아가며 문 뒤에 대기하고 있던 범죄자들을 쓸어버렸다.

상상도 해본 적 없는 불의 거인이 문을 통해 들어서자 12층 전체가 정적에 휩싸였다.

현준은 사람들을 슥 훑어본 뒤 말했다.

"현승민, 어디 있지?"

그제야 정신이 돌아온 범죄자 중 하나가 소리쳤다.

"발사!"

그와 동시에 수많은 총구가 불을 뿜었다.

쾅쾅! 쾅쾅!

좁은 건물 안에서 발사된 총성이 마치 폭탄이 터지는 듯한 소리와 함께 현준의 몸을 관통했다.

수백 발의 총알이 현준을 관통해 벽에 총알 자국을 새겼다. 모든 이의 탄창이 비었을 때 현준이 말했다.

"끝났나?"

그와 동시에 현준이 오른손을 머리 위로 들었다.

그러자 그의 손에서 일어난 불꽃이 총을 들고 있는 범죄자들의 손목을 휘감았다.

"으아? 으아아악!"

손목을 휘감은 불꽃은 손목에서 멈추지 않고 범죄자들을

집어삼켰다.

"끄아아악!"

사람이 타는 역겨운 냄새와 함께 순식간에 마흔이 넘던 사람이 타오르고 세 사람이 남았다.

총을 들지 않고 있는 사람들이다.

"이런 미친……."

바로 옆에 서 있었음에도 불구하고 총을 든 사람들 외에는 화상조차 입지 않았다.

그에 비해 불탄 사람들은 뼈조차 남기지 못한 채 재가 되어 명을 달리했다.

"현승민, 어디 있나?"

마치 지옥의 무저갱에서 울리는 듯한 목소리에 사내 하나가 버티지 못하고 쓰러졌다. 다리에 힘이 풀린 듯했다.

나머지 두 사람은 아직까지도 싸울 의지가 남아 있는지 주먹을 쥐었다 폈다 반복했다.

현준은 시간을 끌지 않고 다시 한 번 오른손을 들어 올렸다.

그 순간 두 사내가 달려들었다.

개조자인지 뒤꿈치에서는 부스트가 나오고 오른손에서는 총탄이 쏟아져 내렸다.

현준은 아무런 반응도 하지 않고 다시 채찍을 휘둘렀다.

그러자 두 명의 개조자가 재가 되어 사라졌다.

12층에 홀로 남은 사내는 바닥에 넘어진 채로 엉금엉금 기어 뒷걸음질 쳤다.

현준은 불의 거인으로 변한 몸을 원래의 불도깨비로 되돌리며 사내에게로 걸어갔다.

"현승민, 어디 있나?"

세 번째 물음.

사내는 버티지 못하고 대답했다.

"현승민… 옥상에…….."

현준의 시야에 그의 죄목이 떠올랐다.

강간, 살인, 살인 교사, 납치, 인신매매 용의자.

현준은 혀를 차고 그를 둔 채로 계단으로 향했다.

사내가 살았다는 안도감에 한숨을 내쉰 순간,

"어? 윽, 어, 으아아악!"

그의 속에서부터 불이 타오르기 시작했다.

"메시아, 옥상에 뭐 있어?"

―헬리포트… 맙소사! 사용자여, 미안하도다. 헬기가 접근 중이도다. 헬기의 기종은 MD―500E, 무장은 없도다. 아마 현승민을 데리러 가기 위해 온 듯하도다.

현준이 입술을 깨물었다.

"남은 시간은?"

―1분 내에 옥상에 도착해 현승민을 데려갈 것 같도다.

옥상으로 달려가면 늦는다.

그렇다면……

현준은 계단에서 시선을 돌려 창문을 바라보았다.

그리곤 고민할 것 없이 창문을 향해 몸을 던졌다.

어느새 현준의 몸은 불타오르고 있었다.

챙그랑!

창문이 부서짐과 함께 현준의 몸이 12층 건물 밖으로 떨어졌다. 중력을 받으며 바닥으로 곤두박질치는 순간 현준의 몸을 감싼 불길이 환하게 타올랐다.

그와 동시에 현준의 몸이 중력을 거스르고 하늘을 향해 날아올랐다. 거대한 불덩이가 된 현준이 밤하늘을 갈랐다.

순식간에 옥상에 도착한 현준의 눈에 옥상을 떠나는 헬리콥터의 꼬리가 보였다.

"메시아!"

―추락시킬 장소 계산. 1.3km 북동쪽에 산이 있도다.

현준이 메시아를 부르는 순간 메시아는

부른 이유를 깨닫고 대답했다. 메시아의 대답을 들은 현준이 북동쪽을 바라보았다.

메시아의 말대로 산이 보였다.

현준은 지체 없이 헬리콥터를 향해 날아갔다.

"뭐, 뭐야, 씨발! 쏴! 쏘라고!"

헬리콥터에 탄 채 놀란 가슴을 쓸어내리고 있던 현승민은 헬리콥터를 향해 날아오는 불덩이를 보고서 기겁하며 소리쳤다.

현승민의 고함과 함께 헬리콥터 문이 열리며 중기관총을 든 사내가 모습을 드러냈다.

사내가 방아쇠를 당겼다.

총구가 불을 뿜는 순간 현준의 몸을 감싼 불이 더욱 거세졌다. 마치 혜성이 헬리콥터를 쫓는 듯한 모양새다.

총알은 현준에게 닿지도 못하고 녹아 재가 되었다.

중기관총을 든 사내가 탄통 하나를 다 비우고 새 탄통을 집어 든 순간,

"어?"

사내의 몸이 불타올랐다.

바로 옆에 서 있던 현승민의 얼굴이 공포로 물들었다. 눈 깜빡할 사이에 중기관총과 함께 재가 되어버린 사내가 흩날렸다.

"이런 미친……."

현승민은 재빨리 헬리콥터 문을 닫으며 소리쳤다.

"더 빨리!"

말을 하는 사이에도 불덩이는 가까워지고 있었다.

현승민은 계속해서 뒤를 돌아보며 조종사를 닦달했지만, 헬리콥터의 비행 속도에는 한계가 있었다.

어느새 현준의 손이 헬리콥터 꼬리에 닿았다.

그러자 꼬리 프로펠러가 거인이 움켜쥔 듯 우그러들었고, 방향 조종을 할 수 없게 된 헬리콥터가 제자리에서 팽팽 돌기 시작했다.

"으아악!"

"메이데이! 메이데이!"

현준은 다시 한 번 불을 뿜어내 헬리콥터의 메인 프로펠러까지 우그러뜨렸다.

추진력을 잃은 헬리콥터는 순식간에 수 톤짜리 고철이 되고 말았고, 중력을 받아 바닥으로 곤두박질쳤다.

이대로 두면 지상에 있는 민간인들까지 피해를 입을 수 있는 상황.

현준은 헬리콥터의 아래로 날아들어 헬리콥터의 무게를 지탱했다.

"흡!"

엄청난 무게에 현준의 허리가 휘청거렸다.

허공을 비행하는 것은 강혁호와의 대련으로 익숙했으나 날면서 무거운 것을 느끼는 것은 처음이다.

게다가 어지간히 무거운 것도 아닌, 수 톤이나 나가는 헬리콥터이다.

으윽!

현준이 이를 악물며 고개를 돌린 순간 미리 봐두었던 산 전체가 붉게 물들며 표시되었다.

메시아가 도움을 준 것이다.

—사용자의 힘이라면 충분히 버틸 수 있도다!

"알아!"

현준이 악에 받쳐 대답하며 헬기를 들어 올린 순간,

헬기의 문이 열리며 현승민과 눈이 마주쳤다.

그 순간 현승민이 헬기 밖으로 몸을 던졌다.

그의 등 뒤로 흰색 낙하산이 보인다.

"젠장!"

헬리콥터를 집어 던지고 현승민을 잡고 싶었지만 그랬다 간 참사가 난다.

현준이 곧바로 외쳤다.

"메시아!"

—낙하 예상 지점으로 종복들을 보내겠노라!

"오케이."

메시아의 대답을 들은 현준은 마음 놓고 헬리콥터를 움직였다. 마음 같아서는 산으로 던져 버리고 싶었지만 애꿎은 사람들이 다칠 수 있었다.

"산에도 하나 보내줘."

—알겠노라.

이윽고 헬리콥터를 머리에 이고 산에 도착한 현준은 거대한 쇳덩이를 던지듯 내려놓았다.

땅을 밟고 선 현준은 뻐근한 허리를 몇 번 두들기고서 헬리콥터의 문짝을 쥐어뜯었다.

헬리콥터에 있던 두 사람은 이미 정신을 잃은 지 오래인지 축 늘어져 있다.

굳이 현준이 나설 필요도 없는 상황.

"서브 AI 도착까지 얼마나 걸려?"

—예상 도착 시간 74초.

"먼저 이동한다. 현승민 위치 표시해 줘."

—알겠노라.

메시아의 말과 동시에 현준의 시야에 붉은 화살표와 남은 거리가 떠올랐다.

현준은 불덩이가 되어 다시 하늘로 날아올랐다.

화살표를 따라 이동한 현준은 C구역의 번화가에 도착했다. 하늘에서 떨어지듯 나타난 불도깨비를 본 사람들이 수군거리기 시작했다.

현준은 주변 사람들은 신경 쓰지 않고 화살표를 바라보았다. 화살표가 나타내는 거리가 0이 되었음에도 현승민이 보이지 않자 메시아에게 물었다.

"어디야?"

―허공을 감시할 수 있는 카메라가 없어 정확한 거리를 파악할 수 없도다. 예상 낙하 지점이니 그 근처에 있을… 아니, 머리 위를 보아라.

메시아의 말대로 현준의 머리 위로 새하얀 낙하산이 펼쳐져 있다.

"재수도 없지."

―자기 묏자리를 찾는 능력이 탁월하도다.

현준은 왼손을 들어 불을 뿌렸다.

그러자 하늘에서 내려오던 새하얀 낙하산이 순식간에 타올랐다.

"으아? 으아아악!"

상공 30m가량에 있던 현승민은 낙하산이 타오르자 그대로 바닥으로 곤두박질쳤다.

일반인이라면 즉사할 만한 높이.

"꺄아아악!"

"어머머!"

"무슨 일이야?"

쾅!

구경하던 시민들이 비명을 지르며 스마트폰을 꺼내 들었

다. 그들은 현준과 현승민을 번갈아 찍어댔다.

"죽은 거 아냐?"

"하늘에서 떨어졌어!"

주변 시민들의 걱정과는 다르게 현승민은 아무렇지 않다는 듯 벌떡 일어났다. 그리곤 현준 쪽을 한 번 바라보더니 반대쪽으로 부리나케 달려가기 시작했다.

현준은 피식 웃고는 손에 불의 고리를 만들어낸 뒤 휙 던졌다.

사람들 사이로 날아간 불의 고리는 정확하게 현승민의 두 다리를 묶었다.

"으아악!"

불타오르는 고리가 자신의 다리를 감싸자 비명을 지르던 현승민은 자신이 타오르지 않는다는 사실에 안도하면서도 다가오는 현준에게서 벗어나기 위해 애벌레처럼 꿈틀거렸다.

현준이 단 한 번의 도약으로 그의 머리맡에 섰다.

그리곤 물었다.

"현승민?"

현승민과 현준의 눈이 마주친 순간, 현승민의 눈동자에 수많은 상념이 지나갔다. 그 순간 현준은 확신했다.

'이 새끼가 맞구나.'

물론 아니더라도 상관은 없었다.

개조자와 총을 든 범죄자 수십을 운용하고, C구역 상공에 헬리콥터를 띄울 수 있는 범죄자인 만큼 아는 것이 많을 것이다.

현준은 현승민의 목덜미를 쥐고 하늘로 날아올랐다.

순식간에 불덩이가 된 현준이 C구역의 상공에 궤적을 남기며 사라졌다. 그 뒤로 현승민의 비명이 메아리치듯 울려 퍼졌다.

"메시아, CCTV 지우고, 인터넷에 올라오는 동영상 삭제해."

―그럴 필요 없도다.

"왜?"

―불도깨비를 세상에 알릴 것이도다. 작금의 C구역은 머리끝까지 썩어 있는 상태도다. 시민들 또한 그것을 알고 있지만 힘이 없기에 아무것도 못하고 있지. 이런 상황에 불도깨비가 나타나 범죄자들을 소탕하고 썩어 있는 머리를 쳐낸다면 시민들은 환호하지 않겠는고.

"그건 그렇지만, 굳이 우리의 행적을 알릴 필요가 있을까?"

―미디어 매체로 흘러들어 가는 정보를 차단하는 것은 어둠의 조정자들에게는 아무 의미가 없도다. 그리고 차단

한다 한들 어차피 알음알음 알려질 것이 뻔하니 차라리 우리가 대놓고 홍보하는 것이 나을 것이라 생각되노라.

"흐음."

현준이 고민에 빠지자 메시아가 말을 이었다.

─서울에 있는 범죄자들을 청소하는 것으로 끝낼 것 아니지 않느뇨. 나의 종복들이 늘어난다면 서울을 넘어서 경기권, 그 외의 지방에 있는 범죄자들도 청소가 가능하도다. 그때를 대비해 지금부터 영향력을 쌓아두는 것이 좋을 것이노라.

"그것도 그러네. 그런데 어떻게 알릴 건데? 동영상 사이트에 우리의 행적을 올리고 그러나?"

─그것이도다. 동영상 사이트와 불도깨비 홈페이지를 만들어 사용자가 하는 일에 대한 정당성과 홍보 영상들을 올릴 것이도다. 물론 정부나 다른 단체들의 해킹과 방해 공작이 있겠지만 그들은 이 메시아 님이 모두 막아낼 수 있도다.

"알았어. 알아서 해봐."

─알겠도다.

대화를 나누는 사이 현준은 아지트인 불도깨비 타워의 옥상에 도착했다. 그곳에서 기다리고 있던 1세대 서브 AI 머큐리가 현준을 맞이했다.

"오셨습니까, 주인님."

그녀는 어느새 준비해 둔 물을 현준에게 건넸다. 물을 건네받자 머큐리가 바닥에서 벌벌 떨고 있는 현승민을 어깨에 둘러멨다.

"어디로 데려가려고?"

"정보를 알아내는 데 전문가들이 있습니다."

전문가들이라고 해봤자 서브 AI들이겠지만 확실히 믿을 수 있었다.

정보가 새어 나갈 염려도 없고, 어느 분야에서든 여타 전문가들보다 신용할 수 있으니까.

현준이 고개를 끄덕이자 머큐리가 고개를 숙여 인사하고 현승민을 짐짝처럼 가지고 내려갔다.

자신이 할 일이 조금씩 줄어드는 것 같아 아쉽긴 했지만 이런 역할 분담도 마음에 들었다.

집무실로 들어온 현준은 마스크를 해제하고 소파에 앉았다.

잠시 휴식을 취하는 사이 어느새 동이 터오고 있다.

그때 엘리베이터가 열리며 메시아가 나타났다.

"사용자여."

"응."

"소탕작전 1일차의 보고를 하겠노라."

보고자의 말투치곤 이상했지만 현준은 그러려니 하며 고

개를 끄덕였다. 그러자 현준이 앉아 있는 소파 앞으로 거대한 홀로그램이 떠올랐다.

[C구역 범죄 소탕 작전—1일차.]

검거 범죄자 수:1,024명
경법죄자:721명
중법죄자:213명
불법 개조자:74명
보스급 범죄자:16명

개략적인 정리 내용이 제일 먼저 보였다. 하루 만에 천명이라니. 2세대 서브 AI를 포함한 서브 AI가 백여 명이니 명당 열 명씩은 잡았다는 뜻이다.

현준은 휘파람을 한번 불고서 말했다.

"경찰서에 전부 수용 가능해?"

"경찰 수가 모자라 나의 종복들이 그들의 구류를 맡고 있는 상황이로다. 그리고 이걸 보거라."

메시아가 손짓하자 거대한 스크린이 떠오르며 아침 뉴스가 나왔다.

―어젯밤 사상 초유의 범죄 검거 작전이 벌어졌습니다. C구역의 경찰청이 주도한 이 작전에는 불도깨비라는 현상금 사냥꾼 길드가 동원되었는데요, 어제 검거된 범죄자의 수가 천 단위를 넘는다는 결과가 나왔습니다. 현재 C구역에 있는 모든 경찰서의 유치장은 포화상태라고 하는데요, 현장에 나가 있는 김복희 기자의 말을 들어보시죠.

화면이 전환되며 여기자가 나왔다.

―이곳은 C구역의 가장 큰 경찰서인 C구역 A지구 경찰서입니다. 총 300명을 수용할 수 있는 이곳 유치장은 최대 수용 인원인 삼백 명을 넘어서 사백 명에 가까운 인원을 수용하고 있다고 합니다. 하룻밤 만에 천 명을 검거한 범죄 소탕 작전으로 인해 경찰들 또한 인력 부족에 곤욕을 치르고 있다고 하는데요, 검거 작전을 도운 불도깨비 길드에서 경찰들을 돕고 있다고 합니다.

기자의 멘트가 끝나자 카메라가 움직이며 유치장 앞에 서 있는 불도깨비, 즉 2세대 서브 AI를 카메라에 담았다.

현준과 아린의 것과는 다르게 기다란 두 개의 뿔이 달린 가면이다. 붉은색으로 칠해져 있고 눈과 코, 그리고 입까지 모두 막혀 있어 숨은 쉴 수 있을지 의문이 드는 가면에 기자는 위축된 듯 말을 더듬으며 물었다.

"어… 불도깨비의 길드원이시죠?"

2세대 서브 AI는 아무런 말없이 앞을 바라보고 있다. 그때 메시아가 현준에게 물었다.

"하고 싶은 말이 있느뇨?"

현준이 뚱한 얼굴로 대답했다.

"그보다 언제 우리가 경찰청하고 함께 작전을 진행했냐?"

메시아가 어깨를 으쓱했다.

"전형적인 숟가락 얹기 아니겠느뇨."

"흠. 마음에 안 드는데. 경찰청 새끼들도 죄다 범죄자들하고 연루되어 있더만, 갑자기 저렇게 태도 변화해도 되는 거야?"

"꼬리 자르기, 태세 변환, 말 바꾸기. 높으신 분들의 특권으로 유명하지 않느뇨? 어쨌거나 할 말이 없으면 내가 알아서 대답하겠노라."

현준은 구겨진 미간을 만지작거리며 고개를 끄덕였다. 그러자 메시아가 목청을 가다듬더니 입을 열었다.

제6장

닭을 잡는 데 소 잡는 칼을 뽑으면?Ⅱ

메시아가 눈을 감자 화면 속 서브 AI가 고개를 돌려 카메라를 바라보았다. 현준은 메시아에게서 시선을 떼고 스크린을 바라보았다.

여기자는 서브 AI가 대답하지 않자 안절부절못하며 카메라와 서브 AI를 번갈아 보았다. 그때 서브 AI가 입을 열었다.

"그렇습니다."

메시아가 직접 대답하고 있는 것이다. 여기자의 안색이 순식간에 환해졌다.

"예, 성함이 어떻게 되시나요?"

"알려드릴 수 없습니다."

여기자는 멋쩍게 웃으며 말했다.

"아, 비밀인가 보네요. 그럼 가면을 벗어달라고 할 수도 없겠죠?"

"그렇습니다."

얼음장보다 차가운 대답에 여기자는 당황하면서도 차분히 이야기를 이끌어 나갔다.

"그 가면, 불편하지 않으신가요?"

"예."

"그렇군요. 혹시 길드의 상징인 불도깨비의 가면과 검은 개량한복의 유래에 대해 물어봐도 될까요?"

"안 됩니다."

"……."

여기자는 카메라를 향해 구원의 눈빛을 보냈지만 계속하라는 사인이 떨어졌는지 고개를 한 번 떨어뜨렸다가 다시 질문했다.

"불도깨비는 원래 불을 사용하는 개조자를 칭하는 말이었다고 하는데요, 그분을 주축으로 모인 길드인가요?"

"그렇습니다."

"그분에게 100억 원의 현상금이 걸렸다고 하는데, 진짜인가요?"

"그렇습니다. 방화, 살인, 테러, 사회 불안감 조장 등의
이유로 범죄자의 낙인이 찍혀 있는 상황입니다."

드디어 단문이 아닌 긴 대답이 나오자 페이스가 말린 기
자가 본연의 모습을 되찾으며 물었다.

"그것에 대해서는 어떻게 생각하시나요?"

"모든 것은 정당방위였습니다. 범죄자를 검거하는 과정
에서 일어날 수 있는 사건 중 하나였습니다. 그리고 불도깨
비 길드에서 다루는 범죄자들은 흉악하기 그지없는 중범죄
자들이 대다수입니다. 그들 중에는 불법 개조자들 또한 많
습니다. 그들을 검거하는 데 있어 민간인들에게 피해가 가
지 않기 위해서는 어쩔 수 없는 조치였습니다."

"방화가요?"

"예, 불특정 다수에게 고의적으로 피해를 입히기 위한 방
화가 아닌, 민간인의 피해를 막기 위한, 그리고 범죄자들을
검거하기 위한 수단일 뿐이었습니다."

청산유수와 같이 쏟아지는 말에 여기자는 어느새 고개를
끄덕이고 있었다. 서브 AI의 말이 끝나자 여기자는 고개를
휘휘 저어 정신을 차리곤 다시 질문했다.

"그럼 테러 혐의에 대해선 어떻게 생각하시나요? 불도깨
비의 마스터가 A구역에 있는 건물 하나를 테러한 사건 아

시죠?"

서브 AI는 여기자를 쓱 바라보았다.

눈구멍도 없는 가면이 자신을 바라보자 여기자는 팔에 소름이 돋는 것을 느꼈다. 카메라맨 또한 마찬가지였다.

"그것은 테러가 아니었습니다."

"그럼 뭐죠?"

"부패한 정치가, 그리고 기업인들의 성매매와 마약 파티, 게다가 돈세탁을 위해 만들어진 건물을 청소한 것입니다."

상상하지도 못한 말에 여기자의 눈이 동그래졌다. 소란스럽던 주변 또한 일순간 정적이 찾아왔다.

여기자의 동공이 빠르게 움직이며 카메라를 살폈다. 지금 이 방송은 생방송이다. 즉, 대부분의 국민이 이 방송을 듣고 있다는 뜻이다.

소파에 누워 방송을 보고 있던 현준조차 입을 벌렸다.

"맙소사!"

물론 언젠가는 밝히고 해명해야 할 부분이라 생각했지만 이렇게 시원하게 밝힐 것이라고는 생각하지 못한 탓이다.

여기자가 말을 잇지 못하는 사이 서브 AI가 다시 말을 이었다.

"증거를 원하시는 분들은 인터넷에 불도깨비를 검색해 주실 바랍니다. 저희 불도깨비 길드의 웹 사이트에 저희의 모든 활약이 녹화되어 동영상으로 올라갈 예정입니다. 홈페이지는 오늘 정오에 열립니다. 이상입니다."

말을 마친 서브 AI는 여기자와 카메라에서 시선을 떼고 다시 먼 산을 바라보았다. 여기자는 급하게 수습하는 멘트를 치며 연결을 끊었다.

그러자 다시 스튜디오가 나왔는데 스튜디오는 정적에 휩싸여 있었다.

현준의 입꼬리가 슬쩍 올라갔다.

자신은 상상도 하지 못한 방법을 통해 불도깨비의 이미지를 쇄신시키고 있었다. F구역을 제외한 어느 곳에서도 관심이 없던 불도깨비는 이제 대한민국 최고의 스타가 될 것이다.

그 증거로 벌써부터 대형 포탈의 검색어 1위가 불도깨비였다.

지금 시간은 오전 7시.

앞으로 다섯 시간 후가 굉장히 기대되었다.

메시아가 다시 눈을 떴다.

"어땠는고?"

현준이 엄지를 척 세워주었다.

"최고였지. 그런데 내가 움직이는 거 전부 다 녹화해 놨다고?"

"그렇도다. 사용자뿐만 아니라 아린, 그리고 나의 종복들이 움직이는 모습도 녹화되고 있도다."

"맙소사! 이거 전부터 계획해 둔 거야?"

메시아는 어깨를 으쓱하고서는 재수 없는 미소를 지었다.

"메시아를 찬양하도록."

"됐다, 인마. 그건 그렇고, 영상 전체를 공개하기에는 너무 잔인한 장면이 많지 않아? 사람이 타 죽는 장면은 이미지에 안 좋을 텐데."

"나를 얕보지 말지어다. 모든 영상은 사용자와 나의 종복들이 영화의 주인공처럼 보이게 편집되어 있도다. 물론 나 또한 마찬가지이도다."

현준은 궁금증이 일었다.

"영상도 다 완성되어 있는 거야?"

"그렇도다."

"보여줘 봐."

메시아는 굉장히 거만한 태도로 손을 휘저었다. 그러자 방금까지 뉴스가 나오던 스크린이 검어졌다.

"메시아의 능력에 감탄하거라."

영상이 시작됨과 동시에 오케스트라의 장엄한 연주가 시작되었다. 그와 동시에 화면에 현준의 모습이 나타났다. 한데 현준이 보는 시야가 아닌, 제삼자가 현준을 촬영하고 있는 모습이다.

"이건 어떻게 찍은 거야?"

"사용자가 활약하는 동안 근처에 있는 CCTV의 영상들을 모은 것이도다. 물론 영상 편집 기술도 조금은 응용되었도다."

현준은 고개를 끄덕이며 영상에 집중했다.

불도깨비의 모습을 한 현준이 화려하게 불을 뿜어대며 범죄자들을 척결하는 모습이 영상 전반부에 이어졌다. 거의 10초간 현준의 독무대가 이어지고 화려한 로고가 떠올랐다.

불도깨비 마스크를 단출하게 형상화시킨 붉은 로고였다. 심플하니 꽤 마음에 들었다. 아무런 문구도 없이 떠오른 로고가 불길에 휩싸이며 사라지고 다시 영상이 시작되었다.

대부분이 현준의 활약상이었다.

"무슨 히어로 영화 같네."

여기저기서 쏟아지는 총알을 피하고 불길을 이용해 전투하는 현준의 모습은 SF 히어로 영화 주인공의 그것과 같았다.

3분가량의 영상이 끝나자 현준이 박수를 쳤다.

"완벽하네."

"메시아를 찬양하거라!"

"오오, 메시아시여!"

현준이 오랜만에 메시아를 떠받들어주는 사이 엘리베이터 문이 열리며 아린이 들어왔다. 아린은 코를 찡그리더니 물었다.

"뭐해?"

"아린, 이리 와봐."

현준은 아린에게까지 영상을 보여주었다. 아무런 말없이 영상을 보던 아린이 물었다.

"나는?"

메시아는 다시 한 번 재수 없는 미소를 짓더니 ver.2 라는 제목의 영상을 재생시켰다. 그것의 주인공은 아린이었다.

반투명한 에너지장을 이용해 전투를 벌이는 아린의 모습은 현준과는 또 다른 매력이 있었다. 현준의 개량한복과는 다르게 품이 적어 아린의 환상적인 몸매를 부각시키는 의상 덕에 액션보다 그녀의 몸놀림이 더 눈에 들어왔다.

그제야 아린이 미소를 지었다.

"만족스러운가?"

아린이 고개를 끄덕였다. 그리곤 현준을 보며 말했다.

"밥 먹자."

마침 현준도 배가 고팠기에 간단한 요깃거리를 만들어 식사를 했다.

식사를 마쳐갈 때쯤 엘리베이터가 열리며 머큐리와 보신탕이 올라왔다.

"주인님, 조사가 끝났어요."

머큐리가 말한 전문가가 보신탕이었는지 보신탕의 손에는 종이 뭉치가 들려 있다. 현준은 한 조각 남은 고기를 입에 집어넣고 입을 닦았다.

"언제?"

머큐리가 식탁으로 걸어와 옆에 섰다.

"결론부터 말씀드리자면 새나라파의 보스는 C구역에 없어요. D구역에 거취를 두고 있다고 하네요."

흥미로운 결론이다.

조직을 관리하기 위해서는 근처에 있는 게 옳다. 아무리 지구촌이라 불릴 정도로 가까워졌고 이동 수단도 발달했다지만 그것을 이용하는 것은 사람이다.

즉 무슨 변수가 언제 발생할지 모른다는 것이고 변수의 발생에 대비하기 위해서는 보스가 근처에 있는 것이 옳았다.

그런데도 D구역에 있다는 것은 그만한 메리트가 D구역

에 있다는 뜻.

"왜 그렇대?"

"자세한 이유까지는 모른다고 합니다. D구역과 C구역에 이것저것 지시한다는군요. 그리고 현승민의 말에 따르면 새나라파의 보스는 능력자일 가능성이 높습니다. 그리고 초 인공지능을 가지고 있을 가능성 또한 높습니다."

가만히 듣고 있던 현준의 미간이 찌푸려졌다.

"어둠의 조정자일 수도 있다는 건가?"

"지금으로썬 70% 이상의 가능성이 있습니다. D구역이라면 더욱 가능성이 높아지겠죠."

그도 그럴 것이 D구역 어둠의 조정자는 대놓고 C구역을 노리고 있었다. 그런 사람이 C구역에 자신의 조직을 만들고 흑막 뒤에서 조정하고 있었다는 것은 그리 놀라운 사실이 아니었다.

"능력자라는 건 어떻게 알지?"

보신탕이 종이 한 장을 현준에게 건네며 말했다.

"중간 D 항목부터 보시면 됩니다."

"그에게는 총알도 무엇도 통하지 않았다. 마치 금속을 자신의 의지대로 다루는 듯한 모습이었다. 개조자들 또한 그에게는 상대가 되지 않았고, 우리는 그에게 조직을 내어줄 수밖에 없었다. 원래 보스가 따로 있었나 보지?"

"예. 현승민이 원래의 보스라 말했어요. 어느 날 찾아온 그에게 조직을 빼앗겼지만 엄청난 자금과 정보력으로 C구역의 조직들을 소탕했고 지금의 자리에 오르게 되었다 하더군요."

현준은 자금과 정보력에 초점을 맞췄다.

"자금과 정보력이라……. 그 보스라는 놈이 C구역에 푼 금액, 예상 가능한가?"

"몇 백억 단위는 우습겠죠. 정확히 추산하기까지는 시간이 걸릴 것 같아요. 그것보다 저는 정보력에 초점을 맞추고 찾아봤는데, C구역 데이터베이스에 강제적으로 침입한 흔적이 발견되었어요. 기술력으로 봤을 때 현재 지구의 기술력으론 볼 수 없는 수준이었구요."

현준이 천천히 고개를 끄덕였다.

"네 생각에는 D구역 어둠의 조정자가 새나라파의 보스라는 거지?"

"예."

현준이 메시아를 바라보았다.

"넌 어때?"

"흥미로운 추론이도다. 지금 C구역 데이터베이스를 살피고 있는데 나 의외에도 침입한 흔적이 여기저기 남아 있도다. 즉 다른 이들의 눈을 신경 쓰지 않았다는 것이고, 이 것은 일종의 자신감의 표현으로 추리할 수 있도다. 자신은 걸리지 않을 것이라는 자신감. 나도 그 의견에 동의하는 바 이도다."

현준이 턱을 긁적이며 물었다.

"C구역 정리는 얼마나 걸릴 것 같아?"

"밤에만 움직인다 하면 나흘, 쉬지 않고 밤낮으로 움직인 다면 66시간이 필요하도다."

"그럼 일단 C구역부터 정리하지. 그동안 D구역 어둠의 조정자에 대한 정보 찾아보고, 그 C구역 데이터베이스에 남아 있다는 흔적을 토대로 위치 추적 가능한가?"

"해보겠노라."

"보신탕은 서브 AI들로 C구역 정리에 집중하고."

"네."

"그럼 66시간 동안 달려봅시다."

66시간.

모든 서브 AI이 총출동했다.

뉴스에서는 실시간으로 검거되는 범죄자들이 연이어 방 송되었고, 일 범죄 발생률이 0%를 기록하는 쾌거를 이루었 다는 방송까지 나왔다.

시민들은 환호했다.

무엇에 환호했느냐.

물론 불도깨비다.

홈페이지는 일 방문자 수백만을 가볍게 뛰어넘었고, 동영상 재생 횟수 또한 기백만을 넘겼다. 역대 최단 시간의 최대 방문자 수로 기네스북에 오를 것이라는 전망도 있었다.

불도깨비 길드에 대한민국이 들썩였다.

서울이 아닌 타 지역의 사람들은 불도깨비가 자신들의 지역에도 나타나 범죄를 소탕해 주길 열망했고, 범죄자들은 자신들의 구역에 나타날까 벌벌 떨었다.

메시아의 말대로 66시간을 넘어서는 시점으로 모든 범죄자가 음지로 숨어들었다. 흔한 소매치기조차 보이지 않았다.

경찰서는 북새통을 이루었다.

매 시간 연행되는 범죄자들과 그들을 취재하기 위한 취재진, 거기에 전 세계의 이목까지 집중되었다.

일개 집단이 이루어낸 범죄와의 전쟁으로 구역 하나의 범죄율이 0%가 되었으니 당연한 일이었다.

여러 인권 단체에서도 일어났다.

불도깨비는 인권을 유린하는 테러 집단이며 생명의 소중

함을 깨닫고 각성해야 한다고 뱉어댔지만 그들의 말에 귀기울이는 이는 극소수였다.

당장 눈앞의 범죄자들을 치워준다는데 거부하는 이가 누가 있겠는가?

인터넷에서는 '범죄자가 당신의 가족을 죽여도 그런 말을 할 수 있겠느냐?' 는 물음이 쇄도했고, 인권 단체는 침묵으로 일관했다.

66시간이 지난 뒤, 새로운 해가 밝았다.

"C구역 청소는 끝난 건가?"

"그렇도다. 완전 양지로 숨어버린 이들을 제외하고 94%의 범죄자가 검거되었도다."

현준이 만족스러운 미소를 지었다.

그가 생각하는 유토피아가 C구역에 펼쳐졌다.

아쉬운 점이라면 부정부패를 저지른 정치인들을 척결하지 못했다는 것이지만, 지금은 건드릴 때가 아니었다.

A구역에 똬리를 틀고 있는 로드의 목을 친 뒤 천천히 진행해야 할 문제였다. 괜히 지금 긁어 부스럼을 만들 필요가 없었다.

굳이 나서지 않더라도 부패 정치인들은 몸을 사리고 있었다.

메시아가 생방송을 통해 한 연설이 전국을 넘어서 전 세계에 방송되었고, 부패 정치인들은 기지개도 마음대로 못 펴고 있었다.

"D구역에 대한 조사는 어때?"

"어둠의 조정자에 대한 정보는 전무하도다. 하지만 그가 이끌고 있는 단체에 대해서는 많은 것을 알아낼 수 있었도다."

메시아의 말과 동시에 홀로그램이 떠올랐다.

새나라파.

현준이 피식 웃으며 말했다.

"새나라 더럽게 좋아하네."

"좋아하는 것뿐만 아니라 나라를 뒤엎을 생각까지 하고 있는 모양이도다."

메시아가 손을 움직이자 홀로그램이 넘어가며 무기의 이름과 수량이 떠올랐다. 총은 물론이거니와 현대 무기인 헬리콥터와 전차, 거기에 개조자들을 만들기 위한 부품까지 수 조 원어치의 무기였다.

"맙소사. 설마 이걸 다 D구역 어둠의 조정자가 가지고 있다고?"

메시아는 고개를 끄덕이며 다음 페이지로 넘겼다. 그러자 겉으로는 평범해 보이는 공장부지 사진이 나왔다.

"겉으로는 화학공장이지만 안에서는 무기를 제조하고 판

매하는 곳이도다. D구역 어둠의 조정자의 본거지로 이곳을
보고 있도다. 방금 본 리스트의 무기들이 대부분 이곳에 잠
들어 있도다. 무기의 양은 대한민국 국민의 10% 정도를 무
장시킬 수 있겠군."

현준의 입이 떡 벌어졌다.

"그게 다 비등록 무기라고?"

"그렇도다. 전량이 나라에 등록된 무기가 아닌 불법적인
무기도다."

"새나라가 아니라 전 세계를 한 나라로 묶을 생각인가?
그 정도 양이면 전 세계와도 전쟁이 가능하겠는데?"

메시아가 단호히 고개를 저었다.

"불가능한 일이도다."

"어, 그래. 어쨌거나 우리나라를 뒤집어엎기에는 충분한
양 아니야?"

"인력이 모자라서 불가능하도다."

현준의 머릿속에 한 단어가 떠올랐다.

인공 뇌.

"메시아."

"왜 부르느냐?"

"만약에 개조자를 만들 수 있는 부품과 인공 뇌가 있다
면? 그들로 집단 전쟁 기계를 만들어내고 그들을 무장시킨

다면?"

"그렇게 된다면 대한민국이 문제가 아니도다. 전 세계가 전란에 휩싸이겠지."

현준의 입에서 자연스레 욕이 튀어나왔다.

"이런 미친 새끼들."

그들은 진심으로 전쟁을 준비하고 있었다.

현준이 자리에서 벌떡 일어섰다.

"메시아, 서브 AI 다 소집해. 당장 공장지대로 간다."

메시아가 미간을 찌푸리며 물었다.

"왜 그러느냐? 어디서 인공 뇌가 개발되었다는 소식이라도 들었느냐?"

"어."

현준의 단호한 대답에 메시아의 표정이 찌그러졌다.

"말도 안 되는 소리. 현재 지구의 기술력으로는 부족하도다."

"리베로 박사. 너희들을 데리고 지구에 도착했다는 플레타인. 그 사람의 기술력이 있어. 그리고 그 기술력을 바탕으로 우리 아버지께서 개발하던 것이 인공 뇌지."

메시아가 자리에서 벌떡 일어섰다.

"당장 소집하겠노라!"

22세기의 지구촌에 전쟁이란 없었다. 소규모 분쟁은 강대국들에 의해 모두 정리되었고, 무기 화력의 극대화로 인해 전쟁은 곧 지구의 공멸이라는 사실을 아주 잘 알고 있는 나라들 덕에 무기는 힘의 과시용으로 개발될 뿐이었다.

그보다 강한 무기인 돈.

돈이 지구의 모든 것을 지배하는 세상이었다.

인간의 편의를 위한 기술들이 빛보다 빠른 속도로 개발되는 와중에 전쟁에 필요한 무기들은 개발이 늦춰졌다.

이미 한 발만으로도 지구를 멸망시킬 무기를 개발했는데 무엇 하러 더 개발하겠는가. 무기는 점점 더 작아지고 또 작아질 뿐이었다.

그렇게 개발된 것이 개조자들.

인간의 몸에 무기를 심어 요인 암살 및 전쟁 억제를 위해 군사 기술로 개발되던 것이 범죄에 악용되기 시작한 것이다.

전 세계에 법으로 금지되어 있지만 암암리에, 혹은 대놓고 개조 신체 시장은 커져갔다.

그런 와중에 인공 뇌가 개발된다면 어마어마한 돈을 갈퀴로 끌어 모을 수 있을 것이다.

돈은 문제가 아니었다.

돈만 있으면 찍어낼 수 있는 군대를 만들어낼 것이고, 지구 곳곳에 있는 공멸할 만한 무기를 파괴할 것이다.

그렇게 되면?

남은 것은 백병전뿐인 상황에 인공 뇌를 탑재한 전쟁 로봇들이 전 세계를 쓸어버리겠지.

가설이지만 상상만으로 무서운 이야기였다.

한데 그런 것들을 계획하고 있다니.

현준은 고개를 휘휘 저었다.

아직까지는 가설일 뿐이다.

현준이 생각을 마칠 즈음 메시아가 다가왔다.

"사용자여, 모든 종복이 모였도다."

현준은 말없이 자리에서 일어나 테라스로 향했다.

아린과 보신탕, 그리고 1세대 서브 AI는 C구역에 남았다. C구역을 완벽히 정비했다지만 아직까지 어떤 변수가 생길지 모르기 때문이다.

옥상에 선 현준이 메시아를 포함해 백 명의 AI를 바라보았다. 모두가 불도깨비 마스크를 쓴 채 현준을 바라보고 있다.

"가자."

현준이 옥상에서 뛰어내렸다. 그러자 모두가 한 점 망설임 없이 현준을 따라 뛰어내렸다. 반쯤 떨어진 현준의 몸이 순식간에 불에 휩싸이며 활강했다.

그와 동시에 뒤에 있던 모든 AI가 날아올랐다.

엄청난 광경이었다.

금세 공장지대에 도착한 현준과 서브 AI들, 그리고 메시아가 땅으로 내려섰다.

D구역에서도 E구역과 근접한 구역인데다 산을 끼고 있어 공장이 있기에 어울리지 않는 공간이었다.

하지만 인가가 멀고 사람이 다니지 않아 무언가를 숨기기에는 최적의 장소였다.

"여긴가?"

"그렇도다."

현준과 메시아가 공장의 입구를 향해 걸어갔다. 그들의 뒤로 99명의 불도깨비가 발을 맞춰 걸었다.

갑자기 등장한 불도깨비들에 공장 입구를 지키고 있던 경비가 혼비백산해 튀어나왔다.

"무슨… 무슨 일로 오셨습니까?"

경비는 희끗한 머리를 모자로 덮으며 물었다.

"무기 파괴."

경비가 멋쩍은 웃음을 흘렸다.

"그렇다면 잘못 찾아오신 것 같은데, 여기는 무기 공장이 아니라 단순한 화학공장입니다."

위이이이이잉!

두두두두두두!

경비의 말이 끝남과 동시에 그의 말이 무색하게 기계음이 들려왔다. 경비는 생전 처음 듣는 소리인 듯 기겁하며 뒤를 돌아보았다.

공장의 천장이 열리며 수십 기의 헬리콥터가 떠오르고 있다.

현준은 경비의 어깨에 손을 올리며 물었다.

"여기 근무하는 사람은 당신이 다입니까?"

"그… 어, 안에도 더 있습니다. 연구… 뭐냐… 한 열 명 됩니다."

안쪽까지 들어가서 일을 한다는 것은 이곳이 군수공장임을 안다는 소리. 즉 일에 연루되어 있을 가능성이 컸다.

현준은 경비에 귀에 대고 말했다.

"이곳에서 일어난 일은 잊으십시오. 그리고 최대한 멀리 도망가십시오."

경비는 미친 듯이 고개를 끄덕이고서 헐레벌떡 달려갔다. 현준은 멀어지는 그의 뒷모습을 보다가 고개를 돌렸다.

"영화에서나 보던 헬리콥터들인데?"

"그것보다 진보된 기술로 만든 헬리콥터들이도다. 어디

서 저런 기술력을 얻었는지 알 것 같도다."

"초 인공지능?"

"그렇도다. 현재 대한민국의 기술력으로는 절대 생산할 수 없는 헬리콥터이도다."

온통 검은색으로 도색된 헬리콥터는 앞 유리조차 없었다. 대신 어마어마한 수의 기관총과 무기를 달고 있었다.

"헬리콥터는 열여섯 기, 그리고 공장 내부에서 전차들과 기계들이 움직이고 있도다."

메시아의 말과 동시에 공장 문이 열리며 수백의 사람들이 나타났다. 가지각색의 총과 무기를 든 이들은 잘 훈련된 병사들처럼 일사불란하게 움직였다.

"저것들은 사람이 아니도다."

메시아의 말에 현준이 서브 AI를 바라보았다.

"서브 AI들과 같은 건가?"

메시아가 고개를 저었다.

"나의 종복들을 저런 허접한 것들에 비교하지 말지어다. 저것들은 생각할 수 없는 멍청한 기계일 뿐이도다. 오로지 전파에 의해 움직이는 고철 덩어리들이지."

현준이 턱을 긁으며 대답했다.

"고철 덩어리라 하기엔 움직임이 유기적인데?"

"저것들 가운데 커맨더가 있을 것이도다. 고철 덩어리 중

그나마 나은 고철 덩어리겠지."

메시아와 현준이 대화를 나누는 사이 전차와 수백의 인공 뇌를 탑재한 로봇들이 현준을 둘러쌌다.

헬리콥터의 프로펠러 소리, 전차의 엔진음, 로봇들이 움직이는 기계음.

엄청난 기세에 짓눌릴 법도 하지만 현준은 평온한 표정으로 말했다.

"너, 터미네이터라고 알아?"

"알고 있도다. 희대의 명작이지. 얼마 전에 터미네이터 21이 개봉했도다."

"벌써? 내가 17까지 봤는데. 어쨌거나 거기 나오는 터미네이터들하고 비슷하게 생겼네."

"천박한 디자인이도다."

현준은 피식 웃고서 말했다.

"다 나온 건가?"

"공장 안에서 감지되는 반응은 없도다. 아마 이게 전부인 듯하도다."

"혹시 모르니까 서브 AI 몇 기 빼서 도망가는 놈 없게 하고, 제반 시설은 재도 남기지 말고 부숴 버려."

"안 그래도 그럴 작정이도다."

"그럼 불꽃놀이 시작이다."

현준의 눈동자가 하얗게 불타올랐다.

그와 동시에 그의 몸에서 거대한 불꽃이 피어올랐다. 거의 5m 가까이 피어오른 불꽃은 차차 모습을 갖추어갔다.

불의 거인의 등장이었다.

제7장

닭을 잡는 데 소 잡는 칼을 뽑으면? Ⅲ

불이 꺼진 방 안에서 여러 개의 모니터가 푸른빛을 발하고 있다. 모니터 안에서는 영화의 한 장면이 재생되고 있었다.

"저게 말이 돼?"

모니터를 보고 있는 사내.

D구역 어둠의 지배자인 성상훈은 귀에 끼고 있던 이어폰을 거칠게 집어 던졌다.

모니터 안에서는 불의 거인이 헬리콥터와 전차, 그리고 그의 회심작인 전쟁 로봇들까지 짓밟으며 영화의 한 장면

같은 모습을 연출하고 있었다.

성상훈이 주먹을 꽉 쥐었다.

그러자 그의 앞에 있던 모니터들이 알 수 없는 힘에 찌그러지며 불똥이 튀었다.

"말도 안 돼……."

그의 능력은 금속을 다루는 것.

지구상에 존재하는 어느 금속이든 그의 의지대로 움직이게 할 수 있는 능력이다. 말만 들으면 무적일 것 같지만 그에게도 약점은 있었다.

신체적 능력의 부족.

물론 일반인에 비해서는 월등한 신체능력을 가지고 있었지만 능력을 가진 사람들 사이에서는 부족하기 그지없었다.

게다가 몸을 불로 바꾸거나 물로 바꾸는 능력자들 사이에서 그는 어떤 장점도 없었다.

물론 현대전에서의 그는 무적이나 다름없다.

총알은 물론이거니와 현대전에 쓰이는 모든 무기가 통하지 않기 때문이다.

하지만 불이라면?

그는 녹고 만다.

그의 몸이 금속으로 이루어진 것이 아니기 때문이다.

금속으로 이루어졌다 한들 저 미친 불의 거인을 상대할 수 있을까?

성상훈이 초조함에 손톱을 물어뜯었다.

*   *   *

현준은 말 그대로 미쳐 날뛰었다.

그의 앞을 가로막는 것은 부수고 불태웠다. 헬리콥터들은 그의 손이 닿기가 무섭게 쇳물이 되어 바닥으로 떨어졌고, 전차들은 그에 발에 밟혀 우그러들었다.

전쟁 로봇들은 말할 것도 없었다.

그가 지나가는 자리마다 폐허가 되었다.

그 모습을 지켜보던 메시아는 현준의 근처에 있던 종복들을 회수해 밖으로 빠지는 적들만 처리하며 서포트에 전력을 다했다.

그때 메시아의 명에 따라 공장 외곽을 감시하던 서브 AI 하나에게서 보고가 들어왔다.

─탈출 시도 감지. 헬리콥터 한 정이 비행을 준비 중입니다.

─알겠노라. 계속 감시하도록.

보고를 받은 메시아가 현준에게 말했다.

"사용자여, 누군가 도망치려 하고 있도다."

현준은 자신의 힘에 취해 메시아의 말을 듣지 못한 채 계속해서 불을 휘둘렀다. 메시아는 고개를 절레절레 젓고서 옆에 있던 전차를 가리켰다.

그러자 그의 종복들이 모여들어 전차를 높이 들어 올렸다.

"던져!"

후우웅!

서브 AI들의 손을 떠난 전차는 포탄이 되어 현준에게 날아갔다. 순간 전차에 얻어맞은 현준은 야수의 그것과도 같은 포효를 터뜨리며 전차가 날아온 곳을 바라보았다.

메시아가 가운뎃손가락을 들고 있다.

메시아의 모습을 본 현준이 그제야 정신을 차리고 말했다.

"왜?"

"정신 차려라, 사용자여. 자신이 가진 힘을 다스릴 줄 알아야 진정한 왕이 될 수 있도다. 자신의 힘에 먹히는 자는 그저 광인이 될 뿐이도다."

현준은 천천히 고개를 끄덕였다.

그렇지 않아도 불의 힘을 쓸 때면 자신의 생각보다 더욱 난폭해지는 경향이 있었다. 현준이 정신을 가다듬자 메시아가 말했다.

"헬리콥터 한 대가 도주를 준비 중이도다. 직접 가겠는 가?"

"어둠의 조정자야?"

"정확한 신원은 파악되지 않았도다. 하지만 공장에 있는 모든 병력을 동원한 것을 보아 그럴 가능성이 높다고 판단되노라."

"내가 갈게. 위치 표시해 줘."

"알겠도다."

현준은 거세게 불을 뿜어 주변에 있는 적들을 흩어버린 뒤 하늘로 날아올랐다. 5m에 달해 있던 그의 몸이 삽시간에 줄어들며 원래의 현준의 모습으로 돌아왔다.

현준의 시야에 예의 빨간 화살표와 거리가 떠올랐다.

200m에 달하던 거리가 순식간에 줄어들며 현준의 시야에 막 이륙한 헬리콥터가 눈에 들어왔다.

현준은 헬리콥터를 향해 가차 없이 불덩이를 쏘았다. 강혁호의 말대로라면 D구역 어둠의 조정자 또한 능력자일 것이 분명했다.

강혁호와의 대련으로 깨달은 것 중 가장 중요한 것은 선공.

아무리 능력자라 한들 기반은 사람이고, 깨닫지 못하는

곳에서 가한 공격에는 대비하지 못하고 당하기 십상이다.

현준이 쏘아낸 불덩이가 순식간에 헬리콥터를 덮쳤다.

쾅!

꼬리 프로펠러와 메인 프로펠러가 동시에 터져 나가며 헬리콥터가 연기를 뿜어냈다. 하지만 헬리콥터는 추락하지 않았다.

"……?"

프로펠러가 멈춘 상황에도 떠 있는 헬리콥터라니.

기현상에 현준이 멈칫한 사이,

부웅!

불덩이가 된 헬리콥터가 현준에게로 날아들었다.

쾅!

현준은 재빨리 불덩이를 만들어내 헬리콥터를 불태웠다. 고철이 녹는 매캐한 냄새와 함께 쇳물이 되어버린 헬리콥터가 지상으로 떨어졌다.

그리고 떨어지는 헬리콥터의 뒤로 가상 회담에서 본 D구역 어둠의 조정자가 보였다.

그는 하늘에 둥둥 뜬 채로 양손을 들어 올리고 있다.

"뭐지?"

그 순간,

주욱!

현준의 발아래 있던 쇳물이 마치 살아 있는 생명체처럼 길쭉하게 늘어나며 현준이 있는 공간을 때렸다.

가까스로 공격을 피한 현준의 눈이 동그래졌다.

'무슨 능력이지?'

생각할 새도 없이 채찍처럼 늘어난 쇳물이 현준의 몸을 노리고 계속해서 날아들었다. 방금 전의 전투로 인해 널린 것이 쇳조각이다.

그 탓에 사방에서 쏟아지는 공격에 현준은 정신 차리지 못하고 계속해서 방어에 치중했다. 현준은 방어를 하면서도 틈틈이 불을 뿜어내 쇠를 녹이려 했지만 무슨 현상인지 쇠는 겉만 그을릴 뿐 녹아내리지 않았다.

계속해서 피하는 것도 한계가 있다. 현준이 몸을 움직이며 쇠로 된 꼬챙이를 피한 순간, 거대한 쇳덩이가 현준의 뒤통수를 내려쳤다.

퍽!

그 순간 성상훈의 얼굴에 미소가 떠올랐다.

그냥 쇳덩이도 아닌 능력이 가득 담긴 쇳덩이.

현준의 머리가 으깨진 호박처럼 부서진 것이 훤히 보였다. 성상훈은 그 순간을 놓치지 않고 현준의 주변에 있는 모든 쇳조각을 이용해 그의 몸을 조각냈다.

이겼다!

막상 상대해 보니 별것 아니잖아?

성상훈의 생각이 끝나기도 전, 부서진 현준의 머리가 불타올랐다.

"뭐?"

머리에서 시작된 불꽃은 엄청난 속도로 현준의 몸을 집어삼켰다. 그와 동시에 현준의 몸에 박혀 있던 쇳덩이들이 쇳물이 되어 줄줄 흘러내렸다.

"씨발……."

성상훈이 우려하던 상황이 벌어지고 있다. 쇳조각들은 현준의 가까이도 가지 못하고 쇳물이 되어 바닥으로 떨어졌다.

성상훈은 포기하지 않고 모든 쇳물을 끌어 모아 거대한 쇳덩이를 만들어냈다. 크기가 커진다면 단번에 녹지는 않을 것이라는 생각이다.

"죽어라!"

순식간에 만들어진 집채만 한 쇳덩이가 현준의 머리를 노리고 떨어져 내렸다.

그런 와중에도 현준은 온몸에 불을 일으킨 채로 아무런 움직임도 보이지 않았다.

후우웅!

쾅!

쇳덩이는 아무런 저항 없이 현준을 내려쳤고, 거대한 쇳덩이에 얻어맞은 현준은 그대로 바닥으로 곤두박질쳤다.

성상훈의 얼굴에 뒤틀린 미소가 지어졌다.

"이긴 건가?"

성상훈은 방심하지 않고 현준을 때린 쇳덩이를 다시 내려찍었다.

쾅! 쾅! 쾅!

한 번, 두 번, 세 번……

성상훈은 계속해서 쇳덩이를 내려쳤고, 쇳덩이를 내려친 자리에는 운석이 떨어진 듯한 거대한 크레이터가 생겨났다.

"헉헉……"

무리해서 힘을 쓴 탓에 성상훈의 얼굴이 땀범벅이 되었다.

이런 공격을 계속해서 받았다면 로드라도 살아남지 못한다. 뒤틀려 있던 성상훈의 입가가 조금씩 풀리며 미소로 번지려는 순간,

화르르륵!

구덩이에서 불꽃이 피어올랐다.

조그만 불꽃은 순식간에 커지며 어지간한 빌딩 높이까지 타올랐다.

불꽃은 삽시간에 인간의 모습으로 바뀌었다.

불의 거인.

아무런 말도 하지 못한 채 성상훈의 몸이 굳었다.

불의 거인은 마치 태초의 무엇처럼 성상훈을 내려다보았다. 자신의 모든 것이 샅샅이 들키는 수치심에도 성상훈은 눈동자조차 움직이지 못했다.

─나는!

마치 거대한 산이 울리는 듯한 목소리.

그제야 성상훈이 손을 움직였다.

그의 손동작에 반응한 쇳조각들이 날아들어 성상훈의 몸을 감쌌다. 순식간에 쇳조각에 둘러싸인 성상훈이 귀를 틀어막았다.

'나는' 이라는 단 두 글자가 그의 귀에서 메아리쳐 울렸다. 성상훈은 발작적으로 능력을 발휘했다.

공장지대에 있는 모든 금속이 떠올라 그를 감쌌다. 성상훈을 감싸고 있던 금속의 구체가 점점 더 거대해졌다.

직경이 5m를 넘어갈 무렵 불의 거인의 입이 열렸다.

─태초의!

금속의 구체는 아무 소용 없었다. 마치 금속이 공명하듯 울려 소리를 전달했고, 구의 중심부에 있던 성상훈은 공포에 떨며 계속해서 능력을 발휘했다.

금속의 구는 계속해서 크기를 더해갔다.

성상훈은 자신의 한계를 넘어선 능력을 발휘했고, 공장 지대에 있던 모든 금속이 떠올라 금속의 구에 달라붙었다.

마치 블랙홀 같은 흡입력에 모든 금속이 하나로 뭉쳤다. 어지간한 산만 한 금속의 구가 하늘에 떠올랐다.

마지막 남은 금속 조각까지 성상훈의 능력에 귀속되어 구를 이루었을 때,

─불, 그 자체!

거인이 마침표를 찍었다.

화악!

그와 동시에 세상이 새하얀 빛으로 물들었다.

모든 것을 보고 있던 메시아조차 눈을 감고 고개를 돌렸다. 엄청난 열기에 의해 공간이 찢어지고 대기가 타올랐다.

대기마저 태워 버린 불꽃은 진공을 만들어냈고, 곧이어 모든 것을 집어삼켰다.

한 번도 본 적 없는 거대한 힘의 파도가 넘실거렸다.

메시아는 본능적으로 깨달았다.

저 불길에 닿는 순간 죽는다.

주변의 모든 것을 집어삼킨 탐욕스러운 불꽃에 휩쓸리지 않기 위해 메시아는 자신의 모든 종복을 대피시켰다.

세상마저 삼킬 듯한 불꽃이 탐욕을 멈춘 순간 정적이 내

렸다.

새하얀 불꽃이 가시고 빛조차 움직임을 멈춘 듯 세상에
어둠이 내린 순간, 모든 것을 삼킨 불꽃이 폭발했다.

번쩍!

소리도 진동도 그 무엇도 없었다.

그저 빛이 번쩍이고 사라진 뒤 불의 거인이 있던 자리에
는 현준이 서 있었다.

그리고 거대한 금속의 구가 존재하던 자리에는 아무것도
존재하지 않았다.

마치 태초부터 아무것도 존재하지 않았다는 듯 거멓게
타버려 생기조차 잃어버린 흙만이 바람에 흩날리고 있다.

"맙소사!"

메시아는 자신의 눈을 의심하며 계속해서 눈을 감았다
떴다 했다. 그리고 귓가를 울리는 태초의 불 그 자체라는
소리를 애써 무시하며 현준에게로 걸어갔다.

한 걸음, 한 걸음 움직일 때마다 신고 있는 신발이 녹아
내리며 바닥에 달라붙었다. 메시아는 걷기를 포기하고 날
아서 현준에게로 향했다.

"사용자여!"

메시아의 피부가 녹아내리기 시작했다.

"정신 차리거라!"

타오르던 불꽃이 꺼진 현준은 생기 없는 눈으로 어딘가를 바라보고 있었다. 마치 세상 건너편의 무언가를 보고 있는 듯한 눈빛이다.

　"사용자여!"

　메시아는 자신의 몸이 녹아내리는 것은 생각하지 않고 현준의 얼굴에 손을 뻗었다. 피부가 녹아내리고 몸을 구성하고 있는 금속이 녹아내려 바닥에 떨어져 내렸다.

　"제발, 제발……!"

　메시아의 손이 현준의 얼굴에 닿은 순간,

　현준의 눈이 뜨였다.

　아무것도 존재하지 않는 어둠 속에서 현준이 눈을 떴다.

　'으악!'

　눈을 뜬 현준이 머리를 감쌌다. 하지만 그의 머리를 내려치던 쇳덩이는 어디로 사라졌는지 눈앞에 보이는 것은 온통 어둠뿐이다.

　현준은 손을 휘젓고 발을 디뎌보았으나 우주에 유영하고 있는 듯 아무것도 만져지지 않았다.

　'뭐야?'

　목소리조차 나오지 않았다. 눈을 떠도, 감아도, 말을 하고 움직여 보아도 아무런 반응도 없는 세계.

　'여긴 어디지?'

현준이 할 수 있는 것은 생각뿐.

'내가 뭘 하고 있었지?'

'나는 왜 여기 있는 거지?'

현준은 대답 없는 질문 속에서 하염없이 표류했다.

얼마나 지났을까.

저 멀리 노란 불꽃이 생겨났다.

현준이 불빛이 생긴 것조차 인지하지 못하는 사이 불꽃은 점점 커졌고, 어느새 현준의 시야에도 들어오게 되었다.

'불.'

불이 있다는 것을 인지한 순간 현준의 몸에서 불꽃이 타올랐다. 불이 주변을 밝히자 현준은 자신의 몸을 내려다보았다.

팔, 다리, 몸 모두 멀쩡하다.

그제야 정신을 차린 현준이 눈을 부릅떴다.

나가야 한다!

현준은 불의 힘을 이용해 불꽃을 향해 나아갔다. 아무것도 없는 세상에 유일한 불꽃이 희망처럼 느껴졌다.

현준이 불꽃에 닿은 순간,

―너는!

태초부터 존재한 존재의 목소리가 이러할까.

머리끝부터 심장까지 파고드는 듯한 목소리에 현준은 한

걸음 뒤로 물러섰다.

—어째서 나를 거부하는가?

불꽃의 목소리. 이제 두 번을 들었을 뿐이지만 왠지 익숙했다.

'어디서 들어봤더라?'

—나는 네 힘!

"뭐?"

현준의 목소리가 나왔다.

그와 동시에 불꽃이 거세게 타올랐다. 바로 옆에 있던 현준은 피할 새도 없이 불꽃에 먹혀들었다.

뜨겁지도, 고통스럽지도 않았다. 오히려 한겨울 두꺼운 이불 속처럼 포근했다.

—나를 받아들이거라!

거부할 수 없는 마력을 가진 목소리가 현준의 귀를 파고들었다. 그의 말을 들으면 모든 것이 편해질 것만 같은 기분이 들었다. 현준은 자신도 모르는 사이 고개를 끄덕였다.

그 순간 현준을 감싸고 있던 불꽃이 사그라지며 현준의 몸속으로 들어왔다.

그리고 현준이 눈을 떴다.

"아린?"

제일 먼저 보인 것은 새빨개진 눈으로 현준을 내려다보

고 있는 아린의 얼굴이었다. 얼마나 울었는지 코끝까지 붉어져 있다.

"현준!"

아린이 누워 있는 현준을 끌어안았다. 현준은 어안이 벙벙한 상태로 아린의 등을 두들겨 주었다. 그제야 주변 환경이 눈에 들어왔다.

불도깨비 빌딩에 있는 자신의 집 천장이 보이고, 보신탕과 메시아가 보였다.

메시아는 팔짱을 낀 채 뾰로통한 얼굴로 자신을 보고 있고, 보신탕은 예수가 부활한 장면을 직접 보고 있는 종교인처럼 감격한 표정을 짓고 있다.

현준은 품에 안겨 펑펑 우는 아린의 등을 쓰다듬으며 입 모양으로 물었다.

'어떻게 된 거야?'

메시아가 고개를 휘휘 젓더니 손가락으로 스크린을 가리켰다. 그러자 현준의 머리가 터지는 화면이 나타났다.

현준의 미간이 찌푸려졌다. 현준이 기억하는 것도 딱 저기까지였다. 힘을 제대로 발휘해 보기도 전에 상대의 힘에 말렸고, 기습을 당해 머리가 터지고 말았다.

메시아가 손가락을 튕기자 사진인 줄 알고 있던 것이 재생되었다.

머리가 터진 현준은 그대로 바닥으로 추락했고, 그 위로 집채만 한 크기의 쇳덩이가 계속해서 내려쳤다.

현준은 마치 지금 자신이 얻어맞고 있는 듯 오만상을 지었다. 쇳덩이를 내려치는 것이 끝나자 성상훈의 얼굴이 보이다가 다시 현준에게로 시점이 옮겨졌다.

구덩이 속에 곤죽이 된 채 누워 있는 현준의 심장에서 불길이 솟아올랐다. 조그만 불씨는 순식간에 커져 하늘을 뒤덮었다.

그리고 불의 거인이 되었다.

현준은 아린이 품에 안겨 있다는 사실조차 잊은 채 말했다.

"…미친."

놀라긴 일렀다. 어지간한 아파트만 한 크기로 솟아난 불의 거인이 입을 열었다.

―나는!

―태초의!

―불, 그 자체!

현준의 머릿속에 한 줄기 목소리가 지나갔다.

―나를 받아들이거라!

꿈에서 들은 존재의 목소리와 영상 속 불의 거인의 목소

리가 일치했다. 현준이 놀라는 사이 불의 거인이 성상훈이
만들어낸 구체를 향해 손을 뻗었다.

불의 거인의 손이 환하게 빛나는 순간 영상이 멈추었다.
그리고 다시 화면이 켜졌을 때 지상에는 아무것도 남아 있지
않았다. 불의 거인 또한 사라지고 현준만이 오롯이 서 있다.

"맙소사."

어느새 아린도 고개를 들고 화면을 보고 있다.

"저게 뭐야?"

현준의 물음에 메시아는 어깨를 으쓱이는 것으로 대답했
다. 그러자 보신탕이 대신 대답했다.

"플레타인이 아닌 인간의 몸에 들어가면서 지성을 갖게
된 것인지, 아니면 원래 지성이 있는데 플레타인들이 억누
르고 있던 것인지는 모르겠지만… 주인님의 몸속에 있던
플레타의 힘이 깨어난 것 같아요."

"그럼 어떻게 되는데?"

보신탕이 고개를 저었다.

"전례가 없는 일이라 모르겠어요. 일단 검사해 본 결과
주인님의 몸은 아무런 이상 없이 멀쩡해요."

보신탕이 알려주지 않더라도 알 수 있었다. 현준의 몸 상
태는 그 어느 때보다 좋았다.

지금이라면 20m짜리 불의 거인으로 현신하는 것도 가능

할 것 같았다.

"D구역 어둠의 조정자는 어떻게 됐지?"

"흔적조차 남지 않고 소멸했도다."

현준이 입맛을 다셨다.

"정보를 얻긴 글렀네. 공장에 남아 있던 정보는?"

"인공 뇌를 탑재한 전쟁 로봇을 포함한 무기들의 도면과 생선 라인에 대한 정보뿐이도다. D구역 어둠의 조정자에 대한 정보는 없었도다."

"원점인가?"

메시아가 고개를 가로저었다.

"그건 아니도다. 어둠의 조정자들의 속내를 밝혀냈으니 대비하기는 더욱 쉬워졌다고 볼 수 있도다. 그 덕에 지금 보신탕이 전국에 있는 군수공장들을 조사하고 인공 뇌를 탑재한 로봇들을 스캔하고 있도다."

"하긴 여기가 끝이 아닐 수도 있지."

"그리고 나의 종복들을 만드는 일에 박차를 가하고 있노라. 이번에 C구역을 정리하며 얻은 자금과 강혁호가 지원해 주는 금액까지 더해 2천 명가량의 종복이 새로 태어날 것 같도다."

현준은 천천히 고개를 끄덕였다.

현준 혼자로는 전국을 커버할 수 없다. 메시아가 조종하는 서브 AI들이 있다면 일이 훨씬 수월할 것이다.

"얼마나 걸리는데?"

"이 주일 안으로 완성될 것 같도다. D구역 어둠의 조정자가 있던 공장은 실상 주인이 없는 것이나 마찬가지기에 우리가 구동시킬 수 있도다."

"좋네."

메시아와의 대화를 마치자 아린이 현준을 바라보며 말했다.

"안 아파?"

"응, 괜찮아. 많이 걱정했어?"

아린은 대답 대신 고개를 끄덕였다. 현준은 귀여운 아린에 모습에 미소를 지으며 말했다.

"이젠 괜찮아."

"혼자 가지 마."

"알았어."

너무나 사랑스러운 모습에 현준이 아린의 머리를 쓰다듬어주었다. 아린은 그의 손길을 느끼며 현준의 가슴팍에 머리를 묻었다.

잠시 아린과 시간을 보낸 현준이 자리에서 일어났다. 아린은 현준의 뒤를 졸졸 따라 움직였다.

현준이 일어나자 근처에 앉아 있던 메시아와 보신탕이 현준에게로 다가왔다. 현준이 소파에 앉으며 말했다.

"그럼 D구역은 끝이지?"

"그렇다고 봐도 무방하도다. 이제 나의 종복들을 투입해 범죄 조직과 범죄자들만 정리하면 될 것이도다."

현준은 깊은 숨을 내쉬었다. 비로소 한 가지 일이 끝난 기분이 들었기 때문이다.

"얼마나 걸릴 것 같아?"

"완벽하게 정리한다는 가정 하에 이 주일 정도 걸릴 것이 도다."

"그럼 3세대 서브 AI들이 완성되는 시기랑 겹치는 건가?"

"맞도다."

현준은 메시아에게서 시선을 떼고 자신의 손을 내려다보 았다.

"D구역 정리하는 일, 맡겨도 되지?"

"물론. 메시아의 전능함 앞에 모든 일은 한 점 막힘없이 진행될 것이도다. 그런데 왜 그러느뇨?"

"내 힘에 대해 궁금한 게 있어서 전에 갔던 섬에 다녀오 려고."

현준의 말이 끝나기가 무섭게 아린이 현준의 팔을 붙잡

으며 말했다.

"같이 가."

"그럼."

현준은 아린의 어깨를 쓰다듬어주는 사이 메시아가 말했다.

"보신탕의 말대로 플레타의 힘이 어떤 결과를 불러올지 모르니 사용자의 결정이 옳다고 보는 바이도다."

"맞아요. 주인님께서 정신을 잃고 플레타의 힘이 주인님 몸의 주도권을 가졌을 때 어떤 일이 벌어질지 모르니까 그 힘을 컨트롤하는 방법을 익히는 게 우선일 것 같아요."

현준의 생각도 그랬다.

방어기제라고 생각한 것이 사실은 자신의 의지를 가지고 있는 자칭 '태초의 불'이라는 존재였다니.

무조건적으로 자신에게 득이 되는 존재라면 고민할 것 없지만 아무것도 알 수 없는 미지의 존재였기에 일단은 경계를 해야 했다.

"이 주면 충분하느뇨?"

"그 안에 끝내도록 해봐야지."

"알겠노라. 나도 그 안에 B구역에 대한 정보를 모아두고, C구역과 D구역 정리를 해놓도록 하겠노라."

"그래."

대답한 현준이 보신탕을 보며 물었다.

"전국에 있는 비인가 군수공장 파악하면서 범죄자들 척결까지 할 수 있을까?"

"지금은 인력이 모자라요. 지금 있는 인력으로는 C구역과 D구역 관리하는 것도 벅찬걸요. 물론 이 주 뒤에 3세대 서브 AI들이 보급되면 가능하겠지만 이 주 안에는 불가능해요."

"그럼 이 주 뒤에 진행하는 걸로."

"예."

각자의 역할을 분담하고 나자 피곤이 몰려왔다. 현준은 뻐근해진 눈을 비비며 말했다.

"오늘은 이상. 메시아, 강혁호 그 양반한테 미리 연락 좀 넣어줘. 내일 그 섬 좀 이용하겠다고."

"알겠노라. 다른 건 없느뇨?"

현준이 아린을 바라보았다. 현준과 눈이 마주친 아린은 가만히 있다 말했다.

"밥 먹자."

아린의 말에 현준이 메시아를 보고 말했다.

"요리해 줄 사람 있나?"

그러자 보신탕이 손을 번쩍 들며 물었다.

"무엇이 드시고 싶은가요?"

현준이 아린의 눈을 살피며 물었다.

"파스타?"

아린이 고개를 저으며 말했다.

"건강 보양식."

보신탕이 검지로 자신의 입술을 두들기다가 말했다.

"보신탕?"

현준은 말할 수 없는 위화감에 헛웃음을 흘렸다.

"보신탕."

"예? 저요? 아니면 요리를?"

"아니, 너, 이름 좀 바꾸자."

"싫어요. 저는 주인님이 지어주신 보신탕이라는 이름이 마음에 드는걸요."

보신탕의 변론을 들은 현준이 손가락을 튕겼다.

"그럼 내가 지어준 이름이면 괜찮다는 거 아니야? 보신탕이라는 이름보다 더 어감도 좋고, 느낌도 좋고, 너에게 어울리는 이름을 지어줄게. 어때?"

보신탕의 눈동자가 흔들렸다. 고민할 때 현준이 몰아붙였다.

"솔직히 보신탕이라는 이름은 어감이 좀 그렇잖아."

"그… 럴까요?"

"그럼, 그럼."

"알았어요. 그럼 제가 보신할 만한 요리를 해오는 동안 제 새로운 이름을 정해주세요."

"알았어."

보신탕은 주방으로 향하고, 메시아는 엘리베이터를 타고 아래로 내려갔다. 쇼파에 남은 현준과 아린은 서로를 바라보다 말했다.

"제인?"

"고루해."

"고루하다니? 그럼 넌 뭐가 좋은데?"

"나타샤."

"오, 그거 괜찮은데?"

절대 생각하기 귀찮은 것이 아니었다. 나타샤라는 이름이 마음에 들어서였다. 그리고 보신탕이 삼계탕을 만들어 왔을 때, 보신탕은 나타샤가 되었다.

제8장

디딤돌을 딛다

다음날.

현준 홀로 간다면 날아가면 되겠지만 문제는 아린이었
다.

"메시아, 이동 수단 좀 구할 수 있나?"

"강혁호에게 부탁하면 되지 않겠느뇨?"

"흠."

현준이 고민하는 사이 메시아가 자기 마음대로 강혁호에
게 전화를 연결했다.

―오, 오랜만이구먼.

현준은 미간을 찌푸리고 입모양으로 메시아에게 욕설을 퍼부으며 말했다.

"섬으로 갈 이동 수단이 필요해서."

─아, 당연히 준비해 두었지. 공항으로 몸만 오면 된다네.

"아, 고마워."

─고마워할 것 없네. 자네의 행보를 보고 있자면 내 평생 묵은 체증이 싹 내려가는 기분이야. 내 평생 들어 요즘이 가장 즐거우니 무엇이든 말만 하게나. 물심양면으로 돕겠네.

"그렇다면 고맙군."

그 뒤로도 강혁호는 현준에게 몇 마디 더 칭찬을 한 뒤 전화를 끊었다.

전화 내용을 듣고 있던 아린이 현준에게 말했다.

"지금 출발해?"

"그래."

강혁호의 개인 전용기를 타고 도착한 섬은 여전히 아름다웠다.

전에 본 이들이 현준과 아린을 반가이 맞이해 주었다. 마중 나온 이들과 함께 호텔로 이동한 현준이 아린에게 말했다.

"나는 혼자 가봐야 할 거 같은데, 넌 뭐할래?"

아린이 현준의 소매를 쥐었다.

"옆에 있는 건 위험해서 안 돼."

"얼마나 멀리 있어야 되는데?"

현준은 아린의 손을 쥐며 말했다.

"아직은 모르겠어. 일단 오늘만 따로 있자. 해 지기 전에 올게."

아린은 불안한 눈길을 했지만 어쩔 수 없이 고개를 끄덕였다. 아린을 안심시켜 놓은 현준은 아린을 두고 섬을 떠났다.

섬에서 높은 고도로 날아오른 현준은 본 섬에서 조금 떨어져 있는 작은 섬으로 향했다. 5분쯤 비행한 현준은 사람의 손이 닿지 않은 무인도에 도착했다.

"후……."

앞에서 이끌어줄 사람도 없다. 누군가 겪어본 일도 아니거니와 책에 존재하는 일도 아니다.

즉 앞으로 일어날 일은 아무도 모르는 것이다. 현준이 태초의 불이라는 존재에 의해 먹혀 다시 눈을 뜨지 못할 수도 있었다.

현준은 깊게 심호흡을 했다.

"해보자."

현준은 심호흡과 함께 심장에 머물러 있는 태초의 불을 이끌어냈다. 태초의 불은 여느 때와 같이 현준의 의지대로 움직여주었다.

현준은 눈을 감은 채로 태초의 불이 가진 기운을 느껴보았다.

따뜻하면서도 모든 것을 포용하는 느낌.

현준은 느리지만 확실히 느낄 수 있도록 천천히 기운을 움직여 온몸으로 돌렸다. 얼마 지나지 않아 태초의 불이 가진 기운이 현준의 몸을 가득 채웠다.

손을 뻗기만 하면 불꽃이 터질 듯한 팽팽한 기운이 느껴졌다. 현준은 참지 않고 하늘을 향해 손을 뻗어보았다.

화르륵!

그의 손끝에서 불꽃이 일어나 하늘로 쏘아졌다. 현준은 거기서 멈추지 않고 모든 기운을 전부 손끝으로 쏘아냈다.

마치 로켓이 역으로 발사되는 듯 엄청난 불꽃이 현준의 손끝에서 발사되어 하늘을 수놓았다.

멀리서 볼 때는 화산이 터지는 것 같은 모양새다.

거의 5분간 불꽃을 쏘아낸 현준은 기운을 거두었다. 굉장한 양의 힘을 사용했음에도 태초의 불이 가진 기운은 조금도 줄어들지 않았다.

오히려 방금은 준비운동이었다는 듯 더욱 팔팔하게 현준

의 몸에서 뛰놀았다.

오기가 생긴 현준은 물속으로 뛰어들었다.

그리곤 온몸의 기운을 방출했다.

물속에서 불꽃이 타오를 수 없는 점을 감안한 것이었지만 현준의 생각은 오산이었다. 태초의 불은 현준의 생각을 비웃기라도 하듯 맹렬히 불타올랐다. 현준의 몸을 매개로 하는 듯 타오른 불꽃은 주변의 물을 기화시켰다.

현준의 주변으로 기포가 피어오르며 물이 증발되었다. 모든 바닷물을 증발시킬 기세로 불꽃을 피워 올리던 현준은 태초의 불이 가진 기운이 바닥을 보이기는커녕 더욱 쌩쌩해지자 포기하고 물 밖으로 나왔다.

"이게 아닌가?"

현준이 생각한 방법은 힘의 끝을 보아 방어기제 즉 태초의 불을 불러내 대화를 하는 것이었다.

한데 태초의 불이 가진 기운을 전부 사용하기 전에 현준에게 주어진 이 주라는 시간이 다 지날 것 같았다.

현준은 모래사장에 누운 채 하늘을 올려보았다.

"이걸 어쩐다."

누워서 고민하는 사이 해가 저물고 있다. 석양을 보자 아린 생각이 난 현준은 자리를 털고 일어섰다.

"오늘만 날이냐."

오늘을 제외하더라도 아직 13일이라는 시간이 남아 있다.

본섬으로 돌아온 현준은 자신의 눈을 의심했다.

"아린?"

"응, 왔어?"

아린이 앞치마를 맨 채 요리를 나르고 있다.

"네가 요리했어?"

"응."

아린은 당연하다는 듯 고개를 끄덕이고 주방으로 들어가 요리를 가져왔다. 어지간한 한정식 집에서나 볼 법한 음식이 식탁에 주르르 깔리고 있다.

"너 요리할 줄 알아?"

"훌륭한 아내의 미덕 중 하나랬어."

지극히 아린스러운 대답에 현준이 관자놀이를 짚었다.

"그건 또 어느 책에서 봤어?"

"현대 사회를 살아가는 아내들이 가지면 좋을 법한 미덕 100선."

도대체 저딴 책을 내는 출판사가 어딘지 궁금해졌다.

좋은 게 좋은 거지.

현준은 생각을 떨쳐 버리고선 아린이 준비한 요리를 보

았다.

단호박 죽과 전유화, 차돌 편채와 잡채, 수육과 생선구이.

둘이 먹기에는 굉장히 많은 양이었지만 괜찮았다.

요리를 모두 내온 아린이 자리에 앉자 현준이 말했다.

"잘 먹겠습니다."

다음날.

현준은 홀로 어제 갔던 섬으로 향했다. 아린도 함께 오고 싶어했지만 자신이 폭주했을 경우 제어할 수 있을 때까지는 기다리기로 약속했다.

혼자서 바위에 앉아 태초의 불을 불러낼 방법을 생각하던 차, 부모님과 경주가 생각났다. 만리타향, 그것도 얼음밖에 없는 곳에서 잘 지내고 계실까.

생각하던 현준은 부모님에게로 전화를 걸었다.

—아들! 어머나, 여보! 경주야! 이리 와봐요! 현준이한테 전화 왔어요.

제일 먼저 들린 것은 어머니의 목소리였다.

한국을 탈출할 때까지만 해도 자신이 저지른 일에 대해 죄책감을 가지고 있던 어머니의 목소리가 눈에 띄게 밝아져 있다.

"잘 지내고 계세요?"

―그럼 잘 지내지. 좀 춥긴 하지만 아주 잘 지내고 있단다.

"아버지는요?"

―너희 아버지야 뭐 신났지. 사돈께서 연구 시설 비슷한 것까지 제공해 주셔서 아주 살판났단다.

스피커 너머로 아버지의 헛기침 소리가 들려왔다. 오랜만에 듣는 가족의 목소리에 현준의 입가에 미소가 지어졌다.

"경주는요?"

―디자인 공부를 한다던데 내 눈에는 다 똑같아 보여서 모르겠다. 하루 종일 컴퓨터 앞에 앉아서 그림만 그리고 있어.

"정신 차렸나 보네."

―엄마, 잠깐만. 나 오빠한테 할 말 있어.

현준의 말이 끝나기가 무섭게 툭탁거리는 소리와 함께 경주의 목소리가 들려왔다.

―오빠!

"어."

―그 불도깨비 홈페이지 디자인, 누가 한 거야?

"메시아가 했을걸. 근데 어떻게 알았어?"

―그걸 어떻게 몰라! 전 세계가 난린데! 어쨌거나 나, 내가 할래! 나, 홈페이지 디자인 공부도 많이 했어!

"어… 그건 메시아랑 이야기해 봐라. 나는 모르겠다."

―그래? 알았어. 메시아 번호가 뭐야?

"메시아한테 연락하라고 할게."

―꼭이다?

"응."

경주는 폭풍같이 몰아쳐 확답을 받아내곤 다시 어머니에게 수화기를 넘겼다.

―아들.

"예."

―아들도 잘 지내고 있지?

"그럼요. 아버지는 옆에 계세요?"

―바꿔줄까?

"예."

잠시 목을 가다듬는 소리가 들리더니 아버지가 전화를 받았다.

―오냐.

"잘 계십니까?"

―…그럼.

잠깐의 침묵.

—어쩐 일이냐?

"아들이 가족한테 전화하는 데 이유가 있나요. 그냥 잘 계시나 하고 전화 드린 거죠."

—목소리는 아닌데?

역시 가족이란 무서웠다. 현준이 대답을 망설이자 아버지가 말을 이었다.

—작은 일 하는 것도 아니고, 큰일 하는데 어떻게 고민이 없을 수 있겠냐. 천천히 생각하다 보면 답이 나올 게다. 그리고 내 도움이 필요한 일 있으면 언제든 말하고.

"예. 감사합니다, 아버지."

—오냐. 그럼 들어가마.

"예. 다음에 봬요."

현준은 전화기 대신 이용하던 마스크를 내려놓고 하늘을 올려보았다.

"천천히라……"

현준은 눈을 감고서 천천히, 아주 천천히 힘을 이끌어보았다. 심장에서 시작된 따스한 기운이 현준의 몸을 돌고 돌아 다시 심장으로 들어갔다.

거대한 고리가 현준의 몸을 감싸고 있는 모양새였다. 현준은 고리의 흐름을 느끼며 기운에 속력을 붙였다.

느릿한 강물의 흐름 같던 기운이 조금씩 빠르게 움직였

다. 조금씩 빨라진 흐름은 어느새 현준이 걷잡을 수 없을 정도로 빨라졌다.

현준은 몸 밖으로 새어 나가려는 기운을 억지로 틀어막고 계속해서 몸속으로 돌렸다. 그러자 기운이 점점 흉포해졌다.

마치 당장에라도 현준의 몸을 부수고 뛰쳐나갈 듯 난폭해진 기운이 나갈 곳을 찾지 못하고 계속해서 속력을 높였다.

가만히 앉아 있는 현준의 몸이 태초의 불이 가진 기운의 힘에 의하여 들썩거렸다. 심장에서 흘러나오는 기운은 끊임없이 이어졌다.

'이러다 터진다!'

현준의 머릿속에 붉은 경고등이 켜졌다.

이대로 있다가는 폭탄처럼 몸이 터져 버릴 것만 같았다.

'버틴다!'

현준은 이를 악물었다.

심장에 있던 태초의 불이 가진 기운이 반쯤 빠져나왔을 때 현준은 혀를 깨물었다. 불의 힘을 얻은 뒤 한 번도 느껴 보지 못한 뜨거움이 현준의 몸 전체를 지지고 있었다.

피 대신 용암이 흐르는 고통에도 현준은 참아냈다.

차라리 터져라!

터지더라도 난 버티겠다!

현준이 선택한 방법은 억지로 방어기제를 발동시키는 것.

플레타의 힘을 이기지 못한 현준의 몸이 터지려는 순간 태초의 불이 나설 것이고, 그렇게 된다면 현준은 그와 대화를 할 수 있을 것이다.

현준의 계획대로 심장 속에 잠들어 있던 기운 전부가 심장 밖으로 빠져나왔다. 현준의 피부가 쩍쩍 갈라지고 그가 앉아 있던 바위가 녹아내렸다.

모래는 녹아 반짝였고, 그의 근처에 있던 바다가 증발해 짙은 수증기를 만들어냈다.

현준의 몸이 한계에 다다른 순간, 현준의 눈이 뜨였다.

번쩍!

그와 동시에 현준의 몸이 폭발했다.

눈을 감고 있던 현준의 귀로 예의 목소리가 들려왔다.

―어리석은 방법이었다.

현준이 눈을 번쩍 떴다.

아무것도 없는 무의 공간, 그 속에 불꽃이 있었다. 현준은 재빨리 불꽃에게 다가가 물었다.

"너는 나의 적인가?"

―아니다.

"나를 도울 건가?"

―그렇다.

"왜?"

―나는 돕기 위해 태어난 태초의 불.

"무엇을?"

―너를.

콰아아앙!

현준이 다시 눈을 떴을 때,

현준이 있던 작은 섬은 온데간데없이 사라지고 없었다.

대신 해저 화산이 폭발한 듯 바다 속에서 계속해서 연기
가 뿜어지고 있었다. 현준은 쯧 하고 혀를 찼다.

"…아린이 또 걱정하겠네."

현준의 예상대로 아린은 뭍으로 나와 현준을 맞아주었
다. 그녀는 또다시 현준이 사라질까 걱정되었는지 물기 어
린 눈으로 현준에게 달려왔다.

"현준! 안 다쳤어?"

"응, 괜찮아. 이제 다칠 일 없어."

"진짜?"

"그럼. 내일부터는 구경 와도 돼."

자신감 넘치는 현준의 말에 아린은 눈을 비벼 물기를 지웠다. 그러고는 현준의 손을 꼭 쥐었다.

섬에 도착한 지 12일이 지난 날의 오후.

─사용자여.

"응."

─희소식과 희소식 비슷한 것이 있도다.

"좋은 소식이면 좋은 소식이지 비슷한 건 뭐야?"

─어느 것부터 듣겠는가?

"희소식."

─C, D, E, F구역의 정리가 끝났도다. 범죄자는 모두 구치소와 교도소로 들어갔고, 그 덕에 일자리가 창출되었도다.

"일자리?"

─교도관 및 그쪽 관련 업종에서 일시적으로 급하게 사람을 구하고 있도다.

"그래, 좋은 일 했네. 끝이야?"

─2,142기의 3세대 종복이 완성되었도다.

엄청난 숫자에 현준이 휘파람을 불었다.

"휘유, 엄청난 숫자네."

—새로운 종복들은 사용자의 명령대로 비인가 군수공장들을 탐색함과 동시에 서울 근교 및 지방으로 파견 나가 범죄자들을 잡아들이고 있도다.

"잘했어."

—좋은 소식은 끝났도다. 이제 희소식 비슷한 소식을 들려주겠노라. 준비가 되었느뇨?

"준비까지 해야 돼?"

—그건 아니다.

"그냥 말해봐."

—B구역의 지배자가 도망쳤도다.

"뭐? 어디로?"

—A구역 안으로 대규모 자금 이동이 있어 살펴보았더니 초 인공지능이 개입한 것이 확인되었고, 초 인공지능이 지운 흔적을 역추적하다 보니 B구역 어둠의 조정자가 이동한 것으로 판단되었도다.

"확실한 거야?"

—99% 확신할 수 있도다.

메시아가 90% 이상을 확신했다면 진실이나 다름없다. 현준은 고개를 끄덕이고 물었다.

"B구역 어둠의 조정자가 사라졌으니 그 구역에서 활개 쳐도 아무런 이상이 없겠네?"

─그것을 물으려 연락했도다. B구역의 청소를 시작해도 되겠는가?

"당연하지."

─알았도다. 갔던 일은 잘되고 있느뇨?

"뭐, 그럭저럭."

─언제쯤 돌아올 것 같으뇨?

"음, 새로운 힘에 익숙해지고 나서 모레쯤?"

─새로운 힘이라……. 기대되도다. 그럼 기다리고 있을 테니 어서 돌아오너라.

"그래."

＊　　　＊　　　＊

이 주 만에 돌아온 아지트였지만 달라진 것은 없었다. 오래 머무르지도 않았기에 집 같은 느낌이 없을 것 같았지만 알 수 없는 편안함이 들었다.

현준은 아지트에 들어서자마자 소파에 누웠다.

아린 또한 그의 옆에 앉았다.

"사용자여, 늘어질 때가 아니도다."

"나 열심히 훈련하다 왔어. 조금만 쉬자."

메시아가 코웃음을 치며 말했다.

"좋은 섬에서 둘이 놀고 온 것을 모를 것 같으뇨? 헛소리 말고 일어나거라."

"마지막 하루 놀았다."

"그래서 더 쉬고 싶다는 소리인가?"

현준은 관자놀이를 꾹 누르며 몸을 일으켰다.

"됐다. 더러워서 안 쉰다."

메시아는 그제야 만족했는지 미소를 지으며 현준의 앞에 섰다. 그리곤 홀로그램을 조작해 보고서를 띄웠다.

"일단 구두로 보고한 사항과 달라진 점은 거의 없도다. 홀로그램은 자세한 수치나 사항을 알려주는 것이니 보려면 보거라."

현준은 홀로그램을 눈으로 훑으며 물었다.

"전국적으로 범죄자 잡아들이는 건 시작했어?"

"시범적으로 경기권까지만 운용하고 있도다. 범죄자가 한둘이 아니고, 억울하다, 강경진압이다 하는 이들이 너무 많아서 불도깨비에 반대하는 단체들이 우후죽순으로 생겨 나고 있도다."

현준은 쯧 하고 혀를 찼다.

"범죄자들한테 돈 받아 처먹은 정치인 새끼들이겠지."

"그럴 가능성이 농후하도다. 일단 증거를 잡는 대로 싹 다 잡아서 인터넷에 명단과 사진, 죄목을 공개해 버릴 생각이도다."

"좋은 생각이야. 다른 중요 사항은 없나? 아, B구역 어둠의 조정자는 어떻게 됐어?"

"A구역으로 들어간 뒤 추적이 종료되었도다. 모든 감시망을 이용해 A구역을 감시하고 있는데 흥미로운 사실이 있도다."

"뭔데?"

메시아가 손을 휙휙 넘기자 홀로그램이 변하며 대한민국 지도가 나타났다. 지도에는 십수 개의 화살표가 있는데 대부분이 지방에서 서울권으로 올라오는 화살표였고, 화살표 옆에는 숫자가 쓰여 있었다.

"이게 뭔데?"

"자금 및 무기의 유동 현황이도다. 지방에 있던 비인가 공장 외의 공장에서도 수많은 전쟁 물자가 A구역 내부로 들어가고 있도다."

현준이 헛웃음을 흘렸다.

"하, 뭐 전쟁이라도 준비한대?"

"들어가는 물자만 봐서는 핵전쟁 후 후폭풍에 대비한 벙커를 짓고 있다고 해도 믿을 만한 양이도다."

"진짜 핵전쟁을 준비할 리는 없고, 나 때문인가?"

"정확히는 사용자의 뒤에 있는 메시아 님과 그의 종복들을 두려워한 결과이노라."

헛소리에 웃긴 했지만 반쯤은 맞는 말이었다. 메시아가 없이 현준 홀로 있었다면 지금의 자리까지 오는 데 몇 년, 혹은 몇 십 년이 걸렸을지도 모른다.

"우리를 상대하는 데 그렇게 많은 전력이 필요해?"

"현재 사용자의 전력은 수치화되지 않은 상태이노라. 즉 얼마나 강한지 모르니 일단 되는 대로 대비하겠다는 심보 이니라."

"다른 가능성은 없나?"

"없도다."

나라 내부조차 안정이 되지 않아 있는 상태에서 다른 나라를 공격한다? 어불성설이거니와 그냥 다 같이 죽자는 소리다.

그렇다면 결국 모든 물자가 현준과 불도깨비 길드를 잡기 위해 모이고 있다는 말인데, 말을 듣는 것만으로는 실감이 나질 않았다.

"좀 구체적으로 이야기해 봐. 자금이나 물자가 얼마나 되는데?"

"간단히 말하자면 육군 한 개 사단을 무장시킬 양이도다. 사람 머릿수로만 따지면 오천에서 만 정도 되겠군. 하지만 인권을 중시하는 현대 사회에서 사람을 쓸 리는 없으니 인공 뇌를 탑재한 전쟁 로봇이 대신할 가능성이 높도다."

"다행이네."

전쟁에서 가장 슬픈 것은 무고한 사람이 죽어나가는 일이다. 등 떠밀려 목숨을 던지는 이들과 싸우고, 그들의 목숨을 취하는 일은 아무리 현준이라도 할 수 없는 것이다.

현준은 아린의 머리카락 탓에 간지러운 턱을 긁적이다가 물었다.

"얘기가 나와서 말인데, 부패 정치인들이나 기업인들을 한 번에 척결할 만한 방법 없나?"

"한 번으로는 힘들 것이도다. 지금 우리가 하고 있는 범죄자 소탕 작전 또한 한 번에 이루어지는 것이 아니도다. 일단 뿌리를 뽑아놓고 새로운 잡초가 자라지 않도록 계속해서 땅을 밟아줘야 하는 것이도다."

메시아는 조사해 놓은 자료가 있는지 홀로그램을 띄워주었다. 대한민국의 지도였는데 지역별로 색이 다르게 표시되어 있다.

"지역별 부패도 조사이니라. 국가에서 조사한 것이 아니고 이 메시아 님께서 따로 조사한 자료이니 믿어도 될 것이도다. 어쨌거나 보면 알겠지만 서울이 가장 심하고, 그다음은 광역시들, 그다음 시 순이도다. 도시의 크기가 클수록 부패가 심하다는 뜻이지."

"그거야 당연… 까진 아니다만 어쨌거나 쉽게 알 수 있는 사실이잖아. 그게 뭐?"

메시아는 한숨을 내쉬며 말을 이었다.

"우매한 사용자여, 권력이 가장 집중되어 있는 곳이 어디라고 생각하느뇨?"

"서울이겠지."

"그렇도다. 그럼 서울에 있는 모든 권력 구도를 와해시키고 부패 정치인들을 척결시키면 어떻게 되겠느뇨?"

"나라가 혼란에 빠지지 않을까? 깨끗한 정치인들이 있다 해도 일단 수가 줄어들 테니."

"그렇도다. 그러니 천천히 하나씩 '부패하면 죽는다' 는 공포를 심어주면서 진행해야 하는 것이도다. 알아듣겠느뇨? 그 시작은 서울이 될 것이고 차차 넓혀나갈 것이도다. 이 계획은 내가 알아서 진행할 테니 사용자는 로드를 잡고 아버지의 누명을 벗기는 일에 집중하거라"

현준이 고개를 끄덕였다.

"전에 로드가 말한 주소 있잖아. 그거 아직도 감시하고 있어?"

"그렇도다. 별다른 이상이 감지되지 않아 다음 주에 철수시키려 하는데 어떻게 생각하느뇨?"

"일단은 둬봐. 로드가 아무 주소나 불렀겠어, 설마? 무슨 연관이 있겠지."

"알았도다."

"그럼 끝인가?"

"그렇도다. 사용자가 할 일은 A구역을 토벌할 계획을 짜는 것이도다."

"오케이."

메시아가 말을 마치고 나가자 현준은 메시아가 두고 간 홀로그램을 살펴보았다. 메시아의 말대로 부패 정치인과 부패 기업인들을 한 번에 뿌리 뽑을 수는 없을 것 같았다.

워낙 뿌리가 깊어 한 번에 뽑으려 했다가는 뿌리박힌 땅이 들려 전체가 위험해질 수 있는 구조였다.

"말세야, 말세."

그렇다고 아예 할 수 없는 일은 아니니 포기할 생각은 없었다. 천천히 하나씩 정리하다 보면 언젠가는 모두 정리할 수 있겠지.

홀로그램을 넘기자 아까 본 자금과 물자 운송 지도가 떠올랐다. 대구, 대전, 울산, 부산, 광주 등 전국에서 인공 뇌와 개조 신체 부품을 비롯한 무기들과 억 소리 나는 돈이 서울로 모이고 있었다.

"영광이구만."

현준 하나를 잡기 위해 이런 준비를 했다니 말 그대로 영광이었다. 헛웃음을 짓던 현준은 홀로그램을 보던 것을 멈추고 아린을 바라보았다.

"응?"

"아린, 지금 로드가 나를 막기 위해 준비를 하고 있잖아."

"응."

"그건 나와 일대일로 싸워서 이길 자신이 없다는 건가?"

"그런가 봐."

현준의 검지가 테이블을 톡톡 두들겼다.

"그럼 굳이 전면전을 해줄 필요 없잖아? 아무리 조용히 전면전을 한다 해도 이슈가 될 거고 여기저기 시끄러워질 게 분명한데 말이야."

"그렇지."

"잠깐만."

현준이 태초의 불이 되어 D구역 어둠의 조정자를 녹여 버린 것을 보았다면 B구역 어둠의 조정자가 도망친 것도 이해가 되었다.

물론 보지 못했다고 해도 D구역 어둠의 조정자가 사라졌으니 무슨 상황이 벌어졌는지 예상 가능할 것이다.

그런데 A구역 어둠의 조정자이자 모든 어둠의 조정자의 수장인 로드가 겁을 먹고 병력을 끌어모은다?

"흠."

겁을 먹은 것이 분명했다. 그리고,

"만약에 말이야, 내가 혼자 A구역에 침투해서……."

"안 돼!"

현준의 말이 끝나기도 전에 아린이 단호하게 말했다.

"만약에 말이야. 만약에."

"그래도 안 돼."

현준은 천장으로 눈을 돌렸다가 말을 이었다.

"그래, 메시아가."

"응."

"메시아는 로드를 이길 수 있는 힘이 있어. 그럼 A구역 로드가 있는 곳에 침투해서 로드만 쓱싹해 버리고 주축을 잃고 방황하는 이들을 한번에 정리해 버리는 거야. 어때?"

"좋은 작전이야. 근데 메시아가 아니라 현준이 할 거잖아. 그래서 안 돼."

"아니지. 안 하지."

아린은 의심스러운 눈으로 현준을 바라보며 물었다.

"진짜 안 해?"

"그럼. 당연하지."

현준은 의뭉스러운 눈길로 홀로그램을 바라보았다. 아린은 한숨을 내쉬곤 현준의 어깨에 손을 얹었다.

"거짓말하지 마."

"미안."

"알면 됐어."

잠시 대화가 끊겼다. 홀로그램을 보는 현준의 옆얼굴을 지켜보던 아린이 한참을 고민 끝에 말했다.

"다치면 죽는다."

"누구한테?"

현준이 아린의 눈을 보며 물었다.

"나랑 우리 아빠한테."

"절대 안 다칠게."

아무런 표정이 없는 것이 고해성사보다 더욱 진실되게 느껴졌다. 현준은 한 손을 들고 다른 한 손은 심장에 대고서 맹세하듯 말했다.

"그래, 그거면 됐어."

아린은 현준의 어깨를 만지작거리다 소파에 기대 핸드폰으로 책을 읽기 시작했고, 현준은 홀로그램을 통해 작전을 짜보았다.

그렇게 두 사람이 같은 공간에서 다른 시간을 보내고 있을 때였다.

―사용자여, 강혁호의 전화도다.

"그 양반이 왜?"

—로드와 관련된 전화 같도다.

가만히 있던 현준의 미간이 굳었다.

"연결해 줘."

—불도깨빈가?

"오랜만이군."

—그래, 잘 쉬고 왔나?

"덕분에."

—쉬라고 보내줬더니 여기저기 불질을 하고 다녀서 섬 사용인들이 엄청 불안에 떨었다고 하더구먼. 무슨 화산이 폭발하는 줄 알았다는데.

"미안하다고 전해줘."

—자네, 유머를 모르는구먼. 여자한테 인기가 없는 타입이겠어. 뭐, 안부는 이쯤 하고 본론으로 넘어가지. 자네 목소릴 들으니 얼추 예상을 하고 있는 모양이구먼.

"이야기해 봐."

—로드에게서 연락이 왔다네.

"뭐라고?"

—내 가족들을 살리고 싶으면 자네를 가상 회담에 참여시키라고 말일세.

덤덤한 목소리였지만 그 속에선 울분이 끓고 있었다. 마치 씹어 삼키듯 말을 마친 강혁호가 작게 숨을 내쉬었다.

"가상 회담, 참여하지. 그런데 무슨?"

─나도 모르겠네. 자네가 얼마 전에 D구역 어둠의 조정자를 날려 버린 뒤로 로드가 소극적으로 변했어. 나도 처음 보는 모습인지라 어떻게 조언해 줄 게 없다네.

"그래, 일단 미안하군."

─가족 일 말인가? 됐네. 로드는 거짓말은 하지 않네. 자네를 데려오면 가족들은 살려준다고 했으니 약속은 지키겠지.

'가족들은' 이라는 단어에서 강혁호가 포기한 것이 무엇인지 감이 왔다. 현준은 입술을 깨물었다.

─어쨌거나 회담 날짜는 내일, 시간은 오후 여섯 시일세. 서버가 정해지는 대로 다시 연락 주지. 그럼 내일 보세나.

현준이 대답이 없자 강혁호가 전화를 끊으려 했다. 그때,

"잠깐."

─무슨 일인가?

"이름."

─이름?

"가족들의 이름, 나이. 두 가지만 알려줘 봐."

─그거야 어렵지 않네만… 왜?

"그럴 일이 있어. 그럼 내일 보지."

전화를 끊은 현준은 바로 메시아를 불렀다.

"메시아."

―그들을 구출할 생각인가?

"응. 로드가 가진 초 인공지능의 눈을 피해서 그들의 위치를 알아볼 수 있나?"

―전지전능한 메시아를 믿거라.

제9장

구출작전

남은 시간은 20시간.

일단 강혁호 또한 가상 회담에 참여해야 할 것이기에 바로 죽이진 않을 것이다. 게다가 강혁호 또한 능력자.

어지간한 개조자를 보낸다 해도 쉽사리 당하진 않을 것이다.

그렇다는 것은 로드가 직접 나서거나 B구역 어둠의 조정자를 보내야 한다는 소리. 그 방법은 리스크가 너무 크다.

즉 지금 당장 강혁호는 안전하다는 뜻이다.

"현준."

"응."

"그 사람들 구할 거지?"

"응."

"아까 말한 거 꼭 기억해."

"당연하지."

현준은 아린의 이마에 입을 맞춰주었다. 아린은 꼭 쥐고 있던 현준의 손을 놓아주었다.

현준은 엘리베이터를 타고 메시아에게로 향했다.

"작전이 있는가?"

"응."

"말해 보거라."

"일단 나는 가상 회담에 참여하지 않을 거야. 나 대신 메시아, 네가 참여해. 내 모습을 하고. 가능하지?"

"충분하도다. 그때를 노려 습격해 그들을 데리고 나온다는 작전인가?"

"그렇게 하려고."

메시아가 손뼉을 짝짝 치며 말했다.

"훌륭한 작전이도다."

"문제는 그들을 구출한 다음 이곳으로 데리고 오는 건데, 방법이 있을까?"

"강혁호의 가족은 총 일곱 명. 서브 AI 일곱을 붙여주겠노라. 구출 직후 서브 AI들이 가족을 업고 이곳으로 날아오면 충분히 가능할 것이도다."

"그래, 알았어. 변수는 뭐가 있지?"

"B구역 어둠의 조정자가 그들을 지키고 있을 가능성이도다."

현준이 한숨을 내쉬었다.

"그 사람에 대한 정보는?"

"하나도 없도다. 전에 가상 회담에서 만난 정보를 토대로 검색해 보았으나 아무것도 나오지 않았도다."

메시아의 검색에도 걸리지 않았다는 것은 초 인공지능을 가지고 있거나 혹은 아예 외부 활동을 하지 않는다는 뜻이다.

두 가지 모두 좋은 상황은 아니었다.

"그럼 어떡하지?"

메시아가 피식 웃더니 말했다.

"언제부터 사용자가 계획이라는 걸 세웠다고 그러느뇨. 사용자여, 자신의 힘과 임기응변을 믿을지어다. 그리고 우주 최고의 초 인공지능인 메시아께서 사용자를 서포트 하는데 무엇을 걱정하느뇨."

"어쭈, 이젠 농담도 하네."

"농담이 아니도다."

메시아의 농담 덕에 긴장이 조금 풀린 현준은 미소를 지었다.

19시간이 지났다.

잠을 자고 식사를 한 뒤 모든 준비를 끝낸 현준은 아지트의 옥상에 섰다.

"다녀와."

"응."

아린과 인사를 마친 현준이 메시아를 바라보았다.

"믿는다."

"나를 믿는 사용자를 믿겠도다."

현준은 고개를 끄덕이고 마스크를 착용했다. 얼굴을 감싼 마스크는 액체처럼 변해 현준의 온몸을 감쌌다.

몇 초가 지나기도 전에 현준은 사라지고 그의 상징인 불도깨비가 나타났다.

"그럼 다녀올게."

현준이 옥상 아래로 몸을 던졌다.

순식간에 혜성과도 같은 불덩이가 된 현준이 A구역으로 날아갔다.

날아서 10여 분 만에 도착한 현준은 일곱 기의 서브 AI와 함께 A구역 근처를 감시하며 가상 회담이 시작되길 기다렸다.

—서버 주소 받았도다. 가상 불도깨비 캐릭터 생성 완료. 접속하겠도다.

"오케이."

메시아의 말과 동시에 현준의 시야 오른쪽 위에 조그만 화면이 생겨났다.

밝은 방 안에 기다란 테이블이 있고 테이블 끝에 로드가 앉아 있다. 왼편에는 강혁호가, 오른편에는 B구역 어둠의 조정자가 앉아 있다.

—오랜만이군.

현준의 모습을 한 메시아가 먼저 입을 열었다.

가상 회담이 시작된 것을 파악한 현준은 바로 A구역의 작전 지역으로 날아들었다. 메시아의 스캔 결과 강혁호의 가족은 A구역 외곽의 교회 지하에 감금되어 있었다.

교회의 상공에 도착한 현준은 교회 옥상에 발을 디뎠다.

그때,

—반갑네.

로드가 입을 열었다.

—그래, 무슨 일이지?

메시아가 말을 받았으나 로드는 아무런 말을 하지 않고

메시아를 바라보고 있을 뿐이다. 로드가 대화를 시작하는 순간, 현준은 교회로 들어갈 것이다.

하지만 로드는 아무 말 없이 메시아를 바라볼 뿐이다. 현준은 입이 바싹바싹 타는 것을 느꼈다.

'들켰나?'

—본론으로 들어가기 전에, 일단 초대에 응해줘서 고맙네.

—본론이 뭔데?

로드가 입을 열었다. 현준은 그 즉시 교회로 진입했다. 옥상으로 진입한 현준은 메시아가 띄워주는 화살표를 따라 계단을 내려갔다.

평일 오후 6시의 교회는 흔한 찬송가 소리도 들리지 않았다. 물론 평범한 교회가 아니니 그렇겠지만.

현준은 잡생각을 떨쳐 버리고 화살표를 따라 움직였다.

1층에 도착해 지하실의 문고리를 쥔 순간,

—그보다 이런 얕은 수가 통할 것이라 생각했나?

들켰다.

로드의 말과 동시에 B구역 어둠의 조정자가 가상 회담 자리에서 사라졌다. B구역 어둠의 조정자가 강혁호의 가족을 지키고 있을 것이라는 메시아의 예상이 맞은 것이다.

예상했다는 것은 B구역 어둠의 조정자 이외에도 많은 병력이 포진해 있다는 것이다.

속전속결!

현준은 바로 심장에 잠들어 있는 태초의 불이 가진 기운을 이끌어냈다. 순식간에 불길에 휩싸인 현준이 문고리를 발로 차며 지하로 들어갔다.

긴 복도가 눈에 들어왔다.

현준은 지체하지 않고 화살표를 따라 한 층 더 지하로 내려갔다.

긴 복도를 따라 지하로 내려가자 거대한 공동이 나타났다. 그곳 가운데엔 일곱 사람이 마치 노예처럼 쇠창살에 갇혀 있고 그 주변에는 수많은 전쟁 로봇들이 각자의 무기를 쇠창살을 향해 겨누고 있다.

그리고 쇠창살에 앞에 B구역 어둠의 조정자가 서 있다.

"안녕?"

그녀가 인사했다.

현준은 양 주먹을 꽉 쥐었다. 그리곤 허공에서 부딪쳤다.

쾅!

엄청난 폭음과 함께 여자가 딛고 있던 땅이 폭발했다. 순식간에 먼지가 피어오르며 시계가 흐려졌다.

현준은 최우선으로 태초의 불이 가진 기운을 일으켜 쇠창살 안의 가족들을 보호했다. 쇠창살을 부수고 강혁호의 가족을 데려가기 위해서는 먼저 이들을 모두 없애야 할 것 같았다.

입구가 좁은데다 지하 2층이라 한 명씩 데리고 나가야 하는 상황. 무리해서 구출했다가는 저들의 공격에 의해 다칠 가능성이 있었다.

"인사가 거치네."

B구역 어둠의 조정자는 투명한 배리어를 편 채로 현준을 바라보고 있었다.

무슨 능력이지?

현준은 섣불리 움직이지 않고 B구역 어둠의 조정자를 뚫어져라 쳐다보았다. 자연의 힘을 가져다 쓰는 플레타의 힘인 만큼 쉽게 파악할 수 있을 것이다.

그때 현준의 눈에 배리어가 닿아 있는 땅에서 정전기가 튀는 것이 보였다.

'전기? 전류?'

현준은 망설임 없이 불덩이를 던져보았다. B구역 어둠의 조정자는 아무런 반응도 없이 가만히 서 있고 현준이 던진 불덩이는 B구역 어둠의 조정자가 펼친 배리어에 닿아 사라졌다.

치지직!

마치 전류가 튀는 소리 같은 것이 현준의 귀에 잡혔다.

현준은 B구역 어둠의 조정자가 사용하는 힘이 전류와 관련이 있음을 깨달았다.

그때 로드가 말을 꺼냈다.

─뭐, 용써 보도록. 그건 그렇고 말이야, 내가 자네를 부른 이유를 알겠나?

─말해봐.

─여전히 웃어른을 공경하는 방법을 모르는구만. 언젠간 그게 자네에게 화가 될 걸세.

─남이야.

현준은 메시아의 태도를 보며 자신이 저랬나 하는 생각이 들었지만 다른 곳에 신경 쓸 틈이 없었다.

현준은 화면을 꺼버린 뒤 B구역 어둠의 조정자에게 집중했다.

어느새 B구역 어둠의 조정자의 몸 주변으로 정전기가 모여들고 있었다. 전류가 튀는 것을 눈으로 처음 보는 현준은 미간을 찌푸렸다.

만약 B구역 어둠의 조정자가 몸을 번개로 바꿀 수 있다면?

그보다 번개를 태워 버릴 수 있나?

현준은 고개를 휘휘 저었다.

자신의 힘을 의심할 때가 아니었다.

현준이 움직임과 동시에 사방에 있던 전쟁 로봇들이 달려들었다. 마치 전구에 달려드는 불나방들 같았다. 전구에 닿는 순간 불타 죽을 것을 알면서도 계속 달려드는 불나방들.

　현준은 거세게 불을 피우며 전쟁 로봇들을 쓸어나갔다.

　중간 중간 현준을 노리고 번개가 쏘아졌다. 현준은 눈앞에 있는 전쟁 로봇들을 던져서 막아내거나 피했다.

　B구역 어둠의 조정자는 약이 오르는지 양손을 머리 위로 들어 올렸다.

　큰 공격이다.

　현준은 재빨리 뒤로 물러나며 양손을 꽉 쥐었다.

　그러자 B구역 어둠의 조정자의 발밑이 붉어지며 녹아내리기 시작했다. B구역 어둠의 조정자는 당황하며 재빨리 하늘로 날아올랐다.

　현준은 그 순간을 놓치지 않고 계속해서 불덩이를 쏘아 댔다. B구역 어둠의 조정자는 배리어를 펴서 막아냈지만 당황한 모습이 역력했다.

　현준의 눈에 이채가 어렸다.

　현준은 자신의 가설이 진짜인지를 밝혀내기 위해 불나방처럼 달려드는 전쟁 로봇들을 무시한 채 계속해서 불덩이를 쏘았다.

B구역 어둠의 조정자는 공중에 둥둥 떠서 배리어를 펼친 채로 현준을 바라보고 있다.

'역시.'

B구역 어둠의 조정자는 배리어를 편 채로 공격할 수 없었다. 단순히 멀티태스킹이 안 되는 것인지, 아니면 플레타의 힘을 다스리는 능력이 모자란 것인지는 몰라도 이것을 밝혀낸 이상 승기는 현준에게 넘어온 것이나 다름없었다.

현준은 쉬지 않고 자그만 불덩이를 날렸다. 크기는 작지만 한 발이라도 맞았다간 뼈도 남지 않을 것이라는 것을 전쟁 로봇을 보고 눈치챈 B구역 어둠의 조정자는 계속해서 배리어를 편 채로 입술을 씹었다.

공격을 해야 이길 텐데 공격할 틈을 주지 않았다.

B구역 어둠의 조정자는 전투에 익숙하지 않은지 현준이 전쟁 로봇을 학살하는 모습을 지켜보고 있었다.

현준의 손에서 일어난 채찍이 한 번 휘둘러질 때마다 수십 기의 전쟁 로봇이 반 토막 나며 불타올랐다.

이윽고 마지막 전쟁 로봇이 현준의 채찍에 반 토막이 났을 때,

"어우, 힘들다."

현준이 죽는 소리를 내며 B구역 어둠의 조정자를 바라보았다.

"자, 선택지를 주지."

B구역 어둠의 조정자의 눈썹이 찡그려졌다. 처음에 보여주던 여유는 전쟁 로봇들과 함께 사라진 지 오래였다.

"하나, 모든 정보를 넘기고 편히 죽는다. 둘, 끝까지 싸우다 불타 죽는다."

B구역 어둠의 조정자는 현준이 자신을 데리고 장난을 친다고 생각한 것인지 입술을 깨물며 배리어를 해체하며 번개를 쏘아붙였다.

그 순간.

B구역 어둠의 조정자의 사방에서 불기둥이 솟아났다.

화르르륵!

마치 용암이 튀어나오듯 걸쭉한 불꽃이 B구역 어둠의 조정자를 휘감았다. 그리고 불꽃이 꺼졌을 때,

B구역 어둠의 조정자는 뼛가루도 남기지 못한 채 사라졌다.

현준은 철장을 보호하고 있던 불의 배리어를 거두었다. 그러자 오들오들 떨고 있는 강혁호의 가족들이 보였다.

현준은 그들에게 손을 내밀며 말했다.

"구하러 왔습니다."

가족들을 데리고 교회를 나온 현준은 서브 AI들에게 그들의 신병을 양도한 뒤 화면을 켜보았다.

"음?"

화면이 꺼져 있다.

—…여! 사용자여!

"어? 왜?"

—습격이도다!

"뭐?"

—어서 돌아오너라! 로드가 그곳을 습격했도다!

현준이 이를 악물었다.

"너희는 이 사람들을 데리고 E구역으로 갔다가 아지트로
돌아와라."

"예!"

서브 AI과 강혁호의 가족들을 보낸 현준은 다급히 날아
올랐다.

습격이라니?

"습격이라고?"

—그렇도다. 현재 나의 종복들은 전국에 나가 있는 상황.
거기다 2세대 종복들 또한 D구역과 C구역으로 퍼져 있어
방어가 힘든 상황이도다. 나와 나타샤가 최대한 방어하고
있긴 하지만 10분이 한계도다.

10분.

아무리 빨리 날아가도 10분은 무리다. 현준은 이를 악물

고 속도를 올렸다.

"적의 수는?"

―311명. 전부 개조자도다. 전쟁 로봇들 또한 껴 있고, 중화기로 무장한 상태라 서브 AI들이 나설 새도 없이 무력화되고 있도다.

"이 개새끼들이! 탈출할 수 있어?"

―상공에 헬리콥터가 떠 있도다. 나와 나타샤는 가능하지만 아린을 보호할 수단이 없도다.

현준은 심장을 쥐어짜 모든 힘을 비행에 더했다. 속력이 빨라지긴 했지만 만족할 수 없는 속도였다.

"씨발!"

―로비가 뚫렸도다. 엘리베이터를 막고 계단을 무너뜨려 시간을 벌고 있도다. 헬리콥터들이 다가오지 못하도록 나의 종복들이 버티고 있지만 중화기의 사격이 계속되고 있어 버티기 힘들도다.

애초에 1세대와 2세대 서브 AI들은 전투용으로 제작된 것이 아니었다. 오로지 현준의 서포트하기 위해 만들어진 것들이기에 전투 능력이 모자랐다.

어지간한 개조자들은 상대할 수 있었지만 상대가 중화기로 무장한 군대나 다름없는 상태라면 힘든 것이 당연했다.

―저들이 천장을 뚫고 로프를 이용해 올라오고 있도다.

이대로라면 1분.

B구역의 상공을 지나 C구역으로 들어온 현준은 모든 기운을 다시 한 번 터뜨렸다. 그러자 소닉 붐이 일어나며 현준의 몸이 빠른 속도로 쏘아갔다.

이윽고 불도깨비 길드의 아지트가 눈에 들어왔다.

"으아아아!"

현준은 몸을 불로 변화시켰다. 그리고 날아온 속도 그대로 헬리콥터를 들이받았다.

쾅!

현준은 거기서 멈추지 않고 모든 헬리콥터를 터뜨려 버렸다. 순식간에 열 대가 넘던 헬리콥터가 모두 고철이 되어 바닥으로 떨어졌다.

헬리콥터를 격추시킨 현준은 옥상으로 들어갔다.

"아린! 메시아! 나타샤!"

"늦었군."

그곳에 로드가 서 있다.

로드는 아린의 목을 쥔 채로 현준을 바라보고 있었다.

메시아와 나타샤는 아무것도 하지 못한 채 로드를 노려보고 있다.

가상 회담 자체가 속임수였다.

강혁호의 가족을 가지고 압박하면 불의를 참지 못하는

현준이 직접 나설 것을 예상하고 이런 일을 준비한 것이다.

완벽히 당했다.

로드는 비릿한 미소를 지으며 말했다.

"대화를 해볼까? 일단 그 불 좀 꺼주겠나? 더운 걸 싫어해서 말이야."

현준은 순순히 몸을 감싸고 있던 불을 꺼뜨리며 말했다.

"뭘 원하지?"

"여기까지 와서 뭘 원하겠나. 자네의 목숨이지."

현준이 씹어 뱉듯 말했다.

"아린은 놔줘. 다른 곳에 가서 이야기하자."

"말했지 않은가. 자네의 목숨을 원한다고."

"내가… 어떻게 하면 되지?"

"일단 그 잘난 얼굴부터 좀 보지."

마스크를 벗기 직전 현준이 입모양으로 말했다.

─메시아, 도망쳐.

현준이 마스크를 벗고 그의 맨얼굴이 나타난 순간, 로드와 모든 이의 시선이 현준에게로 집중된 그 순간, 나타샤와 메시아가 폭발적인 속도로 날아 옥상에서 도망쳤다.

순식간에 인질 둘을 놓쳐 버린 로드는 혀를 찼지만 아쉬워하는 얼굴은 아니었다.

"어차피 초 인공지능들을 잡을 생각은 없었네. 저들은 자네가 죽으면 새 주인을 찾을 거고, 그때가 되면 자네 따위는 잊어버릴 테니까."

현준은 아무런 말없이 로드의 입을 바라보았다. 로드는 현준의 얼굴을 하나하나 뜯어보았다.

"한 번도 본 적 없는 얼굴이야. 어디서 나타난 놈인지 궁금했는데 정말 하늘에서 떨어진 놈이었구만."

로드가 말을 하고 있는 사이에도 계속해서 개조자들이 그의 뒤로 서고 있었다. 그때 현준의 귀로 메시아의 목소리가 들려왔다.

─사용자여, 10분, 10분이면 모든 종복들이 이곳을 포위할 것이도다. 그 안에 아린을 구할 방법을 생각해 내거라.

"그 마스크, 바닥에 내려놓게나."

현준은 그의 말대로 마스크를 바닥에 내려놓았다.

그러자 마스크가 마치 실에 이끌리듯 천천히 로드의 손으로 들어갔다. 로드는 아린의 목을 쥐고 있던 손을 놓고서 양손으로 마스크를 쥐었다.

하지만 아린은 여전히 목을 쥔 채로 괴로운 표정을 짓고 있다.

로드의 능력이 발휘된 것이다.

현준은 눈을 부릅뜨고 로드의 능력을 분석했다. 무슨 능력이지?

"B구역의 지배자는 미끼였나?"

"뭐 그렇다고 볼 수 있지. 아깝긴 하지만 자네를 잡는 게 우선이니 말일세. 그리고 이렇게 결과가 좋으니 그녀의 희생은 의미 있었다고 생각하네."

"지랄."

로드가 미소를 지으며 한 손을 들었다. 그러자 아린의 몸이 허공으로 떠오르며 괴로운 표정을 지었다.

"말조심하는 게 좋을 걸세. 아름다운 피앙세를 잃고 싶지 않다면 말이야."

현준이 입술을 씹자 아린의 발이 다시 땅에 닿았다.

로드는 여유로운 표정을 지으며 주변을 둘러보았다.

"아지트를 아주 잘 꾸며놓았군. 내 건물로 쓰고 싶을 정도야. 그래도 되겠나?"

현준은 고개를 끄덕였다.

그때 현준의 시야에 300초라는 붉은 글자가 떠올랐다. 5분 뒤에 모든 서브 AI들이 도착한다는 뜻이다.

"자네는 아주 대단한 사람이야. 갑자기 나타나서는 내가 이룩한 모든 것에 훼방을 놓았네. 불도깨비라는 이름, 아주 넌덜머리가 났네. 내가 그 이름을 얼마나 찢어발기고 싶었는지 자네는 모를 걸세."

그의 말이 격해지는 순간, 서늘한 바람이 현준의 몸을 감쌌다.

옥상이라지만 창문이 모두 닫혀 있는 상황. 바람이 불 수 있는 공간이 아니다.

'공기를 다루는 건가?'

아직 속단하긴 일렀다.

"나는 지금 이 순간을 즐기고 있다네. 언제나 목표를 이루는 순간은 즐겁거든. 그리고 그 순간이 얼마나 길든 상관이 없지. 허락만 한다면 이 상황을 영상으로 찍어 남기고 싶은 심정이야.

"마음대로."

로드는 눈을 동그랗게 떴다가 허리까지 접어가며 웃었다.

"농담을 모르는 친구구만. 뭐 그런 점이 재미있긴 하지만. 어쨌거나 궁금한 걸 좀 묻지. 자네 이름이 뭔가?"

"박현준."

"좋은 이름이구만. 가족이 있나?"

"부모님과 동생이 있다."

"오, 그래서 그렇게 신분을 숨겼구만? 가족을 지키기 위해? 하, 눈물 나는 신파야."

로드는 뮤지컬 배우처럼 과장된 몸짓으로 말했다.

"가족은 어디에 있지?"

"북극."

로드의 미간이 찌푸려졌다.

"북극? 이런 상황에도 거짓말을 하고 싶은가?"

"진실이다."

로드는 현준의 눈을 살피다가 말했다.

"뭐, 그렇다 치지. 가족에게 피해가 가지 않게 하기 위해서 북극으로 보내놓은 것인가? 대단하군. 뭐, 전초전은 이쯤으로 하고 본론으로 넘어가지. 자네는 어디서 힘을 얻었는가?"

현준은 잠시 아린을 바라보았다.

우주라고 말하는 것은 상관이 없었다. 하지만 로드가 믿지 않는다면? 로드는 아린을 고문하며 진실을 원할 것이고, 현준은 우주라는 말밖에 할 수 없다.

현준이 고민하자 로드의 눈이 빛났다.

"다른 나라. 맞나? 어디지? 미국? 중국? 일본은 망해 없어지기 직전이니 그럴 힘도 없을 테고."

현준의 고민은 오래가지 못했다. 현준이 대답하지 않자 로드가 아린의 목을 조르기 시작한 것이다. 현준이 다급히 대답했다.

"우주, 우주에서 얻었다."

"자세히."

현준은 자신이 우주 쓰레기 청소부로 일했으며, 그러다 붉은 돌을 얻게 되었고, 그것이 심장에 흡수되며 힘을 얻었다고 말했다.

"하, 자네 소설 쓰나?"

"나는 내 연인의 목숨을 걸고 거짓말을 하지 않는다."

로드가 현준의 눈앞까지 다가와 얼굴을 들이밀었다. 현준은 피하지 않고 그의 눈동자를 바라보았다.

"그런 것 같군. 우주에서 힘을 얻었다라⋯⋯. 자네는 자네가 가진 힘의 기원에 대해서 알고 있나?"

현준은 고개를 가로저었다.

"뭐 알 필요 없겠지. 대화는 이쯤 하고, 내가 자네에게 원하는 것을 말하겠네."

로드는 뒤에 서 있는 개조자의 손에 들린 검 하나를 받아 들었다. 그리곤 현준에게 던졌다.

"자결해."

현준은 아무런 말 없이 검을 집어 들었다.

―30초.

현준의 귓가로 메시아의 목소리가 들려왔다.

"내가 자결하면 나 이외의 사람은 살려줄 것인가?"

"살려는 두겠지. 어떤 삶을 살아갈지는 모르겠지만 말이야."

"그렇다면… 차라리 죽여라."

"그 정도야 들어주도록 하지. 먼저 죽을 텐가, 아니면 이 아가씨를 먼저 죽여줄까?"

로드의 손이 올라가는 순간 아린의 얼굴이 파리해졌다. 그와 동시에 아린을 감싸고 있는 차가운 바람이 현준에게도 느껴졌다.

현준은 확신했다.

공기다.

로드는 공기를 다룬다.

현준은 검을 역수로 쥐고 높이 들었다. 로드의 입이 벌어지고 현준의 가슴을 관통할 것을 기대하며 눈을 반짝였다.

―5초, 4초, 3초, 2초, 1초, 진입.

챙그랑!

유리가 깨지는 소리와 함께,

화르르르르륵! 펑!

현준의 주변에 있던 모든 것이 불타올랐다. 마치 사물 전체가 자연 발화하듯 피어올랐다. 그와 동시에 아린이 바닥으로 떨어졌다.

불이 타는 조건.

공기.

불은 공기를 태워서 자신을 유지한다.

즉 그가 다룰 공기가 사라진다는 뜻이다.

현준은 로드의 힘이 가신 아린을 품에 받아 안고선 주먹으로 바닥을 내리쩍었다.

쾅!

바닥이 무너지며 모두가 아래층으로 떨어졌다. 그 와중에 현준과 로드만 공중에 떠 있다.

"영리한 새끼."

로드의 말에 현준은 조용히 가운뎃손가락을 들어주었다.

"다시 보지."

로드는 그 말만 남긴 채 건물을 부수고 밖으로 날아갔다. 현준은 그를 뒤쫓으려다 품에 안긴 아린을 보고 그만두었다.

─사용자여, 괜찮은가?

"응. 아린부터 봐 줘."

─밖으로 나오거라. 나타샤가 밖에서 대기하고 있노라.

"그래."

현준은 건물 밖으로 나가 기다리고 있는 나타샤에게 아린을 건네주었다. 아린이 혼미한 정신으로 말했다.

"난… 괜찮아."

현준은 아린의 손을 꽉 쥐어준 뒤 말했다.

"난 안 괜찮아."

현준, 아니, 어느새 불의 거인으로 변한 현준이 건물 안으로 쏘아져 갔다.

311명.

생존자는 없었다.

현준이 힘을 주체하지 않고 미친 듯이 난사해 댄 탓에 건물이 무너져 내렸기 때문이다. 물론 그렇지 않았다 해도 생존자는 없었을 것이다.

건물이 무너지고 계속되는 폭음 탓에 신고가 들어갔는지 소방차 십수 대가 도착했다. 언론 또한 도착했으나 메시아가 나서서 해결했다.

"단순한 가스 폭발 사고로써 건물을 지을 때 누수가 있던 것으로 예상됩니다. 건물을 가로지르던 가스관이 폭발했고, 그로 인해 기둥이 무너졌습니다."

취재진은 믿는 눈치는 아니었으나 당사자가 그렇다는데 할 말이 없을 것이다. 상투적인 질문 몇 가지가 오간 뒤 취재진이 떠났다.

무너진 아지트 앞의 그나마 멀쩡한 의자에 앉은 현준이 말했다.

"메시아."

"왜 부르느뇨."

"로드 그 새끼, 찾아내."

"그러지."

제10장

최후의 결전

비가 내리기 시작했다. 아린은 근처의 병원으로 옮겨졌고, 나타샤가 그녀와 함께했다. 현준과 함께 아지트 터에 남은 메시아가 하늘을 올려다보며 말했다.

"쉽게 그칠 비는 아니도다."

"그래 보이네."

가만히 앉아 있던 현준이 자리에서 일어났다.

"어딜 가려 하느냐? 아직 로드의 위치는 알아보는 중이도다."

"부통령."

가만히 앉아 있자니 속에서 불이 끓어올랐다. 이렇게 앉아 있는 것보다는 움직이는 게 잡생각이 나지 않을 것 같았다.

"부통령이라……. 괜찮은 생각이도다."

현준의 아버지를 음해한 세력과 부통령, 그리고 로드는 모두 연관이 있다. 그를 잡아 추궁한다면 필히 단서가 나올 것이다.

"부통령의 스케줄 알 수 있나?"

메시아는 잠시 눈을 감았다 뜨곤 말했다.

"현재 A구역 자신의 관저에 있도다. 스케줄상 오늘의 일은 끝났고 곧 집으로 돌아갈 쉴 것이도다."

현준은 고개를 끄덕이고서 몸을 풀었다.

"위치 표시해 주고."

"다녀 오거라."

현준은 마치 로켓이 발사되듯 궤적을 남기며 하늘로 날아올랐다. 메시아는 그의 뒷모습을 보다 자리에서 일어났다.

그러자 메시아의 주변에 있던 이천 기의 서브 AI들이 메시아에게로 다가왔다.

"우리도 움직이지."

해가 진 데다 비까지 오자 가시거리가 굉장히 짧았다. 그런 와중에도 하늘을 가로지른 현준은 어디서든 보일 정도로 밝게 불타오르고 있었다.

"저게 뭐지?"

"별똥별 아닐까?"

하늘을 가로지르던 불덩이는 A구역의 어느 지점에서부터 빛을 잃더니 곧 사라졌다. 그 광경을 지켜보던 이들은 별똥별이라 확신하고 눈을 감으며 소원을 빌었다.

부통령 관저에 도착한 현준은 관저에 그림자처럼 녹아들었다.

비가 오는 터라 닫혀 있던 창문이 자연스럽게 열리고 현준이 관저로 들어섰다.

달칵.

창문이 닫히는 소리에 부통령은 쓰고 있던 안경을 벗고 창문 쪽을 바라보았다. 그곳에 그림자가 서 있다.

부통령이 기겁하며 소리를 지르려는 순간, 불의 채찍이 그의 입을 막았다.

"소리 지르면 죽는다."

그제야 침입자의 정체가 부통령의 눈에 들어왔다.

붉은 도깨비 가면을 쓴 자.

요즘 TV만 틀면 나오는 불도깨비다.

부통령은 아무런 반항도 하지 못한 채 고개를 끄덕였다. 그러자 부통령의 입을 막고 있던 불의 채찍이 조금 느슨해졌다.

"시계 폭발 사건."

마치 무저갱에서 울리는 듯한 목소리에 부통령의 눈이 휘둥그레졌다.

"아는 대로 말하라."

부통령은 눈알만 굴릴 뿐 대답하지 않았다.

현준은 그 즉시 채찍을 움직여 그의 손을 꿰뚫었다.

"으으으읍!"

입이 막힌 채 손이 꿰뚫린 부통령은 비명도 지르지 못하고 발버둥을 쳤다.

"다시 묻지. 시계 폭발 사건에 대해 아는 대로 말하라."

부통령의 왼손을 꿰뚫은 채찍은 어느새 부통령의 오른손을 감싸고 있었다. 고통에 정신이 없는 와중에도 부통령은 연신 고개를 끄덕였다.

"그, 그자가 시켰소!"

"조용히."

부통령은 심호흡을 몇 번 하더니 자신의 손을 내려다보았다. 손바닥에 손가락이 들어갈 만한 구멍이 뚫려 있다.

아찔한 고통에 눈을 질끈 감은 부통령이 입을 열었다.

"그자가 시킨 일이오. 나는 그자가 모아준 증거를 가지고 일을 벌였을 뿐이오."

"시계가 폭발한 건 진실인가?"

"그런 적 없소. 모두 날조된 것이오."

"왜 그랬지?"

"나, 나는 모르오. 인공 뇌가 관련되어 있다는 것밖에 는……."

현준의 손에서 나온 불의 채찍이 부통령의 목을 감쌌다. 당장에라도 온몸이 불탈 것 같은 공포에 부통령은 아무런 행동도 하지 못한 채 몸을 덜덜 떨었다.

"자세히."

"그러니까… 몇 년 전이었소. 그자는 필요한 인재를 얻기 위해 강경책을 써야 할 때가 되었다 했고, 나는 그자의 말을 따랐을 뿐이오."

현준의 미간이 찌푸려졌다.

"그래서 너에겐 죄가 없다는 것인가?"

부통령은 눈알을 굴릴 뿐 대답하지 못했다. 교묘한 말투로 계속 자신은 결백하다 말하지만 결국 그 계획을 실행한 것은 부통령 자신이다.

그것 때문에 파탄이 난 가정이 있는 것을 알고나 있을까.

현준이 말을 이었다.

"그자가 누구지?"

"……."

부통령은 대답하지 못했다.

지금 자신의 목숨 줄을 쥐고 있는 자보다 자신의 뒤에서 명령을 내리는 자가 더 무섭다는 방증이다.

현준은 채찍을 쥔 손에 힘을 주었다. 현준의 채찍이 그의 오른손을 꿰뚫기 직전,

"어둠의 조정자! 어둠의 조정자요!"

드디어 원하는 대답이 나오자 현준이 물었다.

"그자는 어디에 있지?"

"모릅니다. 당신처럼 나도 모르는 사이 찾아옵니다. 저는 그저 그가 시키는 대로 했을 뿐입니다. 목숨, 목숨만은 살려주십시오."

"네가 그자에게 연락할 수 있는 방법은 없나?"

"예, 없습니다."

이래서는 안 된다.

현준이 고민하는 사이 부통령이 손가락을 꿈지럭대며 움직였다. 부통령의 눈을 따라간 현준은 전화기를 발견했다.

현준은 모르는 척 그를 감싸고 있는 채찍을 조금 더 느슨히 풀었다. 그러면서 다른 생각을 하는 척 창문을 바라보며

부통령에게 오감을 집중했다.

그러자 부통령은 수화기도 들지 않은 채 최대한 조용히 몇 개의 숫자를 눌렀다. 그가 다시 손가락을 거두자 현준이 물었다.

"무슨 숫자를 누른 거지?"

그러자 부통령이 사색이 되어 말했다.

"그것… 그것이……."

현준은 혀를 한 번 차고서 말했다.

"죽고 싶나보군."

"아닙니다! 이건 어둠의 조정자에게 연락하는 직통 번호입니다!"

부통령의 목소리가 어색할 정도로 커졌다. 밖에 들리게 하려는 의도보다는 전화기에 들리게 하려는 의도 같았다.

"방금까지 없다 하지 않았나?"

"사실 있었습니다. 그래서 연결시켜 드리려고……."

그러면서 로드가 나타나 자신의 목숨을 구해 주길 원한 것이겠지. 어쨌거나 나쁘지 않았다. 현준은 그를 노려보며 수화기를 들었다.

"로드."

그러자 수화기 건너편으로 능글맞은 목소리가 들려왔다.

―거기까지 알아낸 것인가? 꽤 수완이 좋구먼. 참으로 아

까운 인재야. 아직도 내 제안은 유효하다네. 내 밑으로 들어올 생각 없는가? 내 밑이 싫다면 내 옆으로 오게나. 자네와 나라면 세계를 정복하는 것도 꿈은 아니야.

현준은 그의 말을 무시하며 말했다.

"어디냐?"

—알면 찾아올 텐가?

"어디냐?"

로드가 경박한 웃음소리를 흘리며 말했다.

—전에 말해주지 않았느냐. A구역 225—11에 있다고.

그와 동시의 메시아의 목소리가 들려왔다.

—사용자여, 전화를 추적해 본 결과 로드의 말이 맞도다. 전파가 그곳에서 나오고 있도다. 당장 나의 종복들을 배치시키겠노라.

현준은 고개를 끄덕이고 로드에게 말했다.

"지금 당장 가지."

—저녁 식사라도 준비해 두어야겠군.

능글맞은 웃음소리와 함께 전화가 끊겼다. 부통령은 이렇게 대화가 진행될 것이라 생각하지 못했는지 멍한 얼굴로 현준을 바라보았다.

부통령의 시선을 느낀 현준이 물었다.

"너는 네 죄를 인정하나?"

"저는 단지 그분이 시킨 대로만 했습니다. 저에겐 집에서 기다리는 처와 자식이 있고… 부양해야 할 부모님도 있습니다. 제발 살려만 주신다면 앞으로 충성을 다하겠습니다. 그리고 착하게 살겠습니다."

―거짓말이도다.

"거짓말."

그러자 부통령이 화들짝 놀라며 현준을 바라보았다.

"목숨을 걸고 거짓말하는 놈이라니."

현준은 넌덜머리가 난다는 듯 채찍을 휘둘렀다. 그러자 부통령의 목이 하늘을 날았다.

부통령 관저를 나온 현준에게 메시아가 말했다.

―기다리거라.

"어째서?"

―A구역으로 들어간 무기들의 행방이 아직 밝혀지지 않았도다.

"아까 습격한 놈들은?"

―숨겨진 무기의 십분의 일도 되지 않는 양이도다. 필시 어딘가에 숨겨둔 채로 함정을 만들어두었을 것이도다.

"그럼 어떻게 하자고?"

―나와 나의 종복들이 도착할 때까지 기다리거라. 어차

피 썩어빠진 A구역 또한 청소해야 하지 않겠는가?

지금의 A구역은 부패와 부정으로 가득 차 있다. 대한민국의 자금 90% 이상이 이곳에 묻혀 있다 해도 과언이 아니다.

게다가 그런 이들 모두가 어둠의 조정자인 로드의 손바닥 위에서 놀아나고 있다.

"A구역을 다 부수자고?"

ㅡ그렇도다.

"그럼 파급력이 너무 커. 대한민국이 망할지도 몰라."

ㅡ내가 알아서 하겠노라. 이 메시아를 믿지 못하느뇨?

"죄 없는 사람들까지 죽일 순 없어."

그런 현준의 눈앞에 홀로그램이 떠올랐다. A구역에 사는 사람들의 명단과 그들이 저지른 범죄 현황이다.

ㅡ81%도다. A구역에 사는 모든 인원 중 하나의 범죄라도 저지른 사람의 비율이도다.

"미친……."

ㅡ나도 모두를 죽이는 것에는 동의하지 않는다. 하지만 그들에게 자신이 가진 힘이 무소불위한 권력이 아니며 언제든 다른 사람에 의해 무너질 수 있는 권력이라는 것을 새겨주고 싶어서 그러는 것이도다.

"무고한 사람들이 다칠 거야."

―내가 장담하겠노라. 이번 사건에 연루되지 않은 사람은 털끝도 다치지 않게 하겠노라.

현준의 고민은 길지 않았다.

"알았어. 믿는다."

―5분 뒤 A구역 입구에서 만나지.

그때, A구역 전체에서 사이렌이 울렸다.

사람들이 웅성거리는 사이 방송이 흘러나왔다.

"지금 국가적 테러 단체인 불도깨비가 A구역을 파괴하기 위해 진격하고 있습니다. 그 수는 이천가량. 시민 여러분은 당장 대피해 주시길 바랍니다. 다시 한 번 알려드립니다. 군국주의, 공산주의에 미친 테러 단체 불도깨비가 A구역 전체를 테러하기 위해 C구역에서부터 올라오고 있습니다. 시민 여러분은 당장 타 구역으로 대피하거나 안전한 곳으로 피신해 주시길 바랍니다. 다시 한 번⋯⋯."

현준의 입가에 미소가 걸렸다.

로드의 수작이 분명했다.

제대로 싸워보자는 것이겠지.

이제 도시가 파괴되고 수천의 사람이 죽어나가더라도 그 모든 책임은 불도깨비가 지게 된다.

로드는 그것을 믿고 엄청난 화력을 동원해 A구역 전체를 밀어버리는 한이 있더라도 불도깨비를 잡으려 할 것이다.

"메시아."

―왜 부르는가?

"3세대 서브 AI들은 전투형이라고 했나?"

―그렇도다.

"대충 수치상으로 따져서… 음, 현대전에 사용되는 전차를 100이라 두면 서브 AI 한 대의 수치는 얼마나 되지?"

메시아는 한 점의 망설임도 없이 대답했다.

―열 배. 1,000, 아니, 그 이상이도다.

"만족스럽군. 방송 들었지?"

―판을 만들어준다는데 거부할 필요가 없도다. 그리고 사용자가 걱정하는 무고한 사람들에게까지 피해가 갈 걱정을 할 필요가 사라졌으니 날뛸 일만 남았도다.

"네 예상으로 일반 시민들이 대피하는 데 얼마나 걸릴 거 같아?"

―이미 대부분이 개인 헬리콥터를 타고 빠져나가고 있도다. 90% 이상이 5분 내로 빠져나갈 것이도다.

"그래, 곧 도착한다."

―나도 곧 도착하노라

메시아를 기다리는 동안 수많은 헬리콥터와 전용기들이 비 내리는 하늘을 가르고 A구역을 떠났다.

로드의 말이 얼마나 절대적인 힘을 갖는가를 알 수 있는 광경이다.

A구역이 훤히 내려다보이는 상공에 떠오른 현준은 일사불란하게 움직이는 병력을 바라보았다.

군인과 전쟁 로봇들이 섞여 있고, 전차들과 헬리콥터, 수많은 전쟁 장비가 A구역 곳곳에 배치되고 있다.

말 그대로 전쟁을 준비하고 있는 듯했다.

그도 그럴 것이, 천 단위가 넘는 인원끼리의 전투이다. 서로 칼을 맞대고 싸우는 중세시대 백병전이 아닌, 폭탄이 터지고 포탄이 오고 가는 현대전.

얼핏 보아도 A구역에 포진되어 있는 병력의 수가 서브 AI들보다 훨씬 많았다. 하지만 현준은 걱정하지 않았다.

메시아가 말한 열 배를 믿기 때문이다.

ㅡ도착했도다.

현준의 시선이 A구역의 입구 쪽으로 향했다. 그곳에 메시아를 필두로 한 뭉텅이의 불도깨비가 서 있다.

"이천이 안 되어 보이는데?"

ㅡ분산 배치했도다. 어차피 시가전이 될 것이 자명한데 한곳에 병력을 몰아두는 것은 생각이 없는 지휘자나 하는 짓이도다.

"로드는 멍청한 게 분명하군."

로드의 병력은 A구역의 메인 입구에만 집중해 배치되어

있었다. 그리고 대부분의 포신이 입구를 향하고 있다.

저런 상황에 뒤통수를 맞는다면 허무하게 전멸하고 말 것이다.

"힘들겠지만 어지간하면 군인들의 목숨은 살려둬."

명령을 듣고 움직이는 이들에게 잘못이 없다 할 순 없겠지만 이번 경우는 다르다. 그저 테러리스트를 막겠다는 일념으로 움직이는 이들이니까.

선택권이라는 게 없는 것이다.

—노력하겠노라.

"로드 위치는 찾았어?"

—A구역 225-11에서 움직이는 것을 확인했도다. 그 뒤에 나의 종복과의 연락이 끊긴 것을 보아 이동하면서 자신을 감시하는 종복을 정리한 것 같도다.

"뭐, 다 쓸어버리면 알아서 기어 나오겠지."

—동의하는 바이도다.

"시작하지."

—172초. 아직 다른 방향에 있는 나의 종복들이 완벽한 위치를 잡지 못했도다.

"그래."

현준의 시야에 172라는 숫자가 생겨나고 1씩 줄어들었다.

"마지막 싸움이야."

─모르는 일이지.

"쯤."

─그래, 마지막 싸움이도다.

대화하는 사이 카운트가 0이 되었다. 그러자 모든 서브 AI이 하늘 높이 날아올랐다. 일정 지점에 이른 서브 AI들은 자신들이 포탄이 되어 A구역의 시가지로 쏟아갔다.

전쟁의 시작이었다.

현준은 전쟁에 참여하지 않고 빠른 속도로 A구역을 훑었다.

자신의 능력을 발휘했다가는 애꿏은 사람들까지 불길에 휩쓸릴 가능성이 높기 때문이다. 차라리 완벽히 계산할 수 있는 메시아가 전쟁을 주도하는 것이 나았다.

그리고 무엇보다 로드를 상대할 수 있는 것은 자신뿐이다.

현준이 A구역을 살피는 사이 사방에서 불길이 피어오르고 폭발음이 들려왔다. 현준은 일단 A구역 225─11로 향했다. 그곳에서부터 역추적을 할 생각이다.

그때,

─주인님, 제가 서포트할게요.

나타샤의 목소리가 들려왔다.

"아린은?"

—아린 님은 안정을 찾으셨어요. 주인님께 약속을 기억하라고 전해 달라 하시네요.

"그래, 꼭 돌아간다고 말해줘."

—예, 전해드릴게요. A구역 225−11으로 가고 계신 건가요?

"응. 거기서부터 추적을 시작하려고."

—예, 저도 거기서부터 추적을 시작해 볼게요.

비가 내리는 밤하늘을 불덩이가 된 현준이 가로질렀다.

A구역 225−11에 도착한 현준은 문을 부수곤 집 안으로 들어갔다. 어딜 봐도 평범한 저택이다.

방금까지만 해도 사용했을 것 같은 물 컵이나 텔레비전, 신발 등이 놓여 있는 그런 집. 현준은 1층과 2층을 모두 살피고서 말했다.

"특별한 흔적은 없는데."

—그 집에 지하가 스캔이 안 되는데 혹시 지하로 통하는 문이 있나요?

현준은 주변을 살폈으나 어딜 보아도 지하로 통하는 문은 보이지 않았다. 답답해진 현준이 눈을 감았다.

"기다려 봐."

그리곤 심장에서 태초의 불을 이끌어냈다.

현준의 온몸이 불길에 휩싸인 순간,

화르륵! 펑!

엄청난 불꽃이 현준의 몸에서 터져 나왔다. 그러자 2층 건물이 흔적도 없이 사라지고 구조와 함께 맨땅이 드러났다.

"여기군."

쇠로 된 계단이 눈에 들어왔다.

현준이 계단을 내려가며 말했다.

"아직도 스캔 안 돼?"

―예, 아마 특수한 처리를 해둔 듯해요.

현준은 고개를 가로젓고 문을 뜯어버렸다. 그러자 어두운 실내가 눈에 들어왔다. 현준은 조그만 등불을 대신할 불덩이를 만들어 안으로 던져보았다.

"서버실?"

―예, 서버실이네요.

지하는 거대한 서버로 가득 차 있었다. 그리고 한 명의 여성이 서 있었다.

현준은 순간 온몸에 불길을 일으키며 경계했지만, 여자는 텅 빈 눈동자로 현준을 바라볼 뿐 아무런 행동도 하지 않았다.

"누구지?"

―초 인공지능이에요. 뭔가 잘못된 것 같은데요.

나타샤에 말에 현준이 그녀에게 다가가 보았다.

―혹시 손을 잡아주실 수 있나요?

"이 여자의?"

―예.

현준은 꺼림칙했지만 일단 나타샤가 시키는 대로 여자의 손을 쥐었다. 그러자 정전기가 일었다.

―초 인공지능 스쿨드예요. 무슨 이유인지 모든 메모리가 비워진 상태네요. 마치 누군가 억지로 그녀의 메모리를 뜯어간 느낌이에요.

스쿨드라면 D구역 어둠의 지배자가 가지고 있다던 초 인공지능의 이름이다. 그게 왜 여기에? 의문을 품은 현준이 나타샤에게 말했다.

"알아들을 수 있게 설명해 줄래?"

―간단히 말하면 인간의 뇌를 뜯어간 것이나 마찬가지죠.

"너무 직설적인데?"

나타샤는 후 하고 한숨을 쉬고 말했다.

―인간의 기술로는 불가능해요.

"로드가 가지고 있다는 초 인공지능의 소행인가 보군. 혹시 말이야, 하나의 초 인공지능에게 두 개의 메모리가 있다면 어떻게 되지?"

—글쎄요. 정보 처리 장치가 버텨줄 수 있을지 모르겠네요. 버틸 수만 있다면 일반적인 초 인공지능보다 몇 배는 강력한 초 인공지능이 나타나겠죠.

"그럼 이 여자는 지금 껍데기만 남은 건가?"

—그렇죠.

"필요해?"

—거기 둔다고 사라지진 않을 테니 일단 로드의 추적에 집중할게요.

"그렇게 해."

현준은 멍하니 서 있는 여성을 내버려 둔 채 주변을 살펴보았다. 서버실 이외의 방에도 컴퓨터가 몇 대 있다.

"나타샤, 여기 저장된 정보가 뭔지 알 수 있나?"

—비었어요. 이 정도라면 초 인공지능의 메모리를 감당할 수 있을 거예요. 가설이지만 스쿨드의 메모리를 이 서버로 이동시킨 뒤 다시 자신에게 이식시키는 방법으로 메모리를 흡수했을 수도 있겠군요.

"어째서 그런 짓을 했을까?"

—주인님의 명령? 아니면 잘 모르겠네요.

따지자면 내가 메시아보고 나타샤의 뇌를 먹어치우라고 명령한 것이나 다름없다. 그런 짓을 해서 얻을 수 있는 이

득이 대체 뭐란 말인가?

현준은 서버실을 살펴보는 것을 그만두고 밖으로 나왔다.

"아직도 못 찾았어?"

—예, 어, 아뇨. 감지됐습니다. 후방 1.2km, 1km, 800m, 주인님께 다가오고 있습니다. 로드 혼자가 아니에요. 스물한 명이 더 있습니다. 생체 반응 있습니다. 인간개조자예요. 전쟁 로봇은 하나뿐입니다.

"하나?"

—400m! 전쟁 로봇이 아니에요. 초 인공지능입니다.

그쯤 되자 현준의 시야에도 무리 비행을 하고 있는 헬리콥터가 눈에 들어왔다. 총 넉 대의 헬리콥터에서 두 개의 덩어리가 떨어져 내렸다.

자유 낙하를 하던 두 개의 덩어리가 순간 방향을 바꾸어 현준에게 날아왔다. 헬리콥터보다 빠른 속도다.

"저게 로드와 초 인공지능이겠군."

—맞아요. 초 인공지능에게서 알 수 없는 힘이 느껴집니다. 조심하세요!

"그래."

현준의 앞에 로드가 내리섰다. 그의 옆에는 아까 지하실에서 본 스쿨드와 비슷하게 생긴 여성이 서 있다.

로드가 입을 열려는 순간,

쾅!

그의 발밑이 폭발했다.

로드는 두 걸음 옮기는 것만으로 폭발을 피하며 말했다.

"젊어서 그런가? 자네는 참을성이 너무 없어. 참을성뿐만 아니라 매너도, 예의도 없지. 그래서 어찌 훌륭한 어른이라 할 수 있겠나."

현준은 대답하지 않고 양손에 불의 채찍을 만들어냈다. 어차피 능력자 사이에서 몸속에 불꽃을 만들어 태워 버리는 것은 통하지 않는다.

그렇기에 불의 채찍을 사용하는 것이다. 현준의 손에서 만들어진 채찍이 로드의 목과 복부를 노리고 쏘아졌다.

챙! 챙!

현준의 채찍이 로드의 목을 자르기 직전, 알 수 없는 힘에 의해 현준의 채찍이 튕겨졌다. 현준은 자신의 눈을 의심했다.

아무런 움직임도 없었는데 무언가에 막힌 듯 불의 채찍이 막힌 것이다. 현준은 개의치 않고 계속해서 채찍을 휘둘렀다. 하지만 채찍은 계속해서 막혔고, 이윽고 채찍이 터져 버렸다.

그때가 돼서야 현준은 자신의 공격을 막아내는 것의 정

체를 파악했다.

"초 인공지능?"

부리나케 도망치던 로드가 현준의 앞에서 당당할 수 있던 이유는 초 인공지능이었다.

"어떤가? 나의 야심작일세. 두 대의 초 인공지능을 합쳤지. 그 덕에 어지간한 능력자보다 강한 능력을 자랑한다네."

어떻게?

초 인공지능 또한 플레타인들의 작품이긴 하지만 그렇다고 플레타의 힘을 사용할 수 있는 것은 아니었다.

그렇다면…….

─주인님이 채찍을 휘두르는 순간에 맞춰서 고유 진동을 일으켰어요. 불은 형체가 없는 것. 주인님이 플레타의 힘을 이용해 형체를 만들었지만 진동으로 흩어버린 것이에요. 하지만 진동을 일으키는 것은 로드예요.

나타샤의 말에 현준이 고개를 끄덕이며 로드를 바라보았다.

그제야 로드의 귀에 걸려 있는 조그만 귀걸이가 눈에 들어왔다.

저것을 통해 서로 통신을 하는 모양이다.

그사이 헬리콥터에서 내린 개조자들이 현준과 로드를 둘

러싸고 총구를 겨누었다.

"이제 좀 대화해 볼 마음이 생기는가?"

"개소리!"

현준은 다시 불꽃을 일으켰지만 무용지물이었다. 불꽃을 일으킴과 동시에 진동에 의해 사라졌다.

현준이 당황하는 사이 개조자들의 총구에서 불이 뿜어졌다. 현준은 재빨리 몸을 불꽃으로 변환시키며 뒤로 물러났다.

그 순간,

"발사!"

로드가 소리쳤다. 머리 위에 떠 있던 헬리콥터에서 무언가가 떨어졌다. 현준의 시선이 하늘로 향했다.

"물?"

아니, 액체질소였다.

엄청난 양의 액체질소가 현준의 몸을 덮쳤다. 불꽃이 되었던 현준은 몸을 되돌리지도 못한 채 그대로 얼어갔다.

마치 얼음 속에서 불꽃이 타오르는 모양이 펼쳐졌다. 진귀한 광경에 개조자들이 '오!' 하며 현준을 바라보았다.

로드는 방심하지 않고 자신의 힘을 끌어올려 현준의 근처에 있는 모든 액체질소를 한군데로 모았다.

그리곤 다시 한 번 현준에게 뿌렸다.

푸쉬이—

현준은 계속해서 힘을 끌어올렸지만 태울 공기가 없자 불꽃이 사그라들기 시작했다.

'이대론 죽는다.'

로드 정도야 이길 수 있다고 생각하고 방심한 것이 패착이다. 현준은 눈을 감고 심장 부근에 있는 모든 힘을 이끌어냈다.

'부순다!'

현준은 눈을 감은 채 심장 속에 잠들어 있는 기운을 이끌어냈다.

그렇게 힘이 넘치던 태초의 불이 가진 기운이 어디로 갔는지 심장이 텅 빈 느낌이다. 현준은 계속해서 힘을 자극했다.

심장이 뛰는 속도가 점점 느려졌다. 현준은 원래의 몸으로 돌아가지 못한 채 계속해서 불꽃을 유지하는 데 모든 힘을 사용하고 있었다.

이러다간 심장이 멈출 것 같았다.

그 순간,

어마어마한 기운이 느껴졌다.

—너는.

—나를.

─받아들였다.

세 마디와 함께 현준의 심장이 거세게 뛰었다.

화르륵!

현준을 감싸고 있던 얼음이 들썩였다.

쩌적! 쩌저적!

그와 동시에 얼음에 금이 가고 그 사이로 불꽃이 피어올랐다. 불꽃은 마치 얼음을 재료로 타오르는 듯 엄청난 크기로 타올랐다.

당황한 로드는 계속해서 진동을 주었지만 현준의 몸에서 피어오른 불꽃은 멈출 기미가 보이지 않았다.

피어오른 불꽃은 인간의 형상을 이루었다. 그리고 불꽃의 입이 열렸다.

"너는 나를 이길 수 없다."

불의 거인이 주먹을 휘둘렀다.

로드와 초 인공지능은 훌쩍 뛰어 피했지만 개조자들은 피하지 못하고 불의 거인이 휘두른 거대한 주먹에 휩쓸렸다.

증발.

휩쓸린 이들이 흔적조차 남기지 못하고 한 줌 연기가 되어 사라졌다.

경악할 만한 위력에 로드는 이를 악물었다.

"나는! 질 수 없다! 너 따위에게 지려고 200년을 버텨온 것이 아니란 말이다!"

로드는 발악과도 같은 고함을 지르며 힘을 이끌어냈다. 그가 입고 있던 옷이 크게 부풀어 오르며 그 또한 바람의 거인으로 화했다.

바람의 거인과 불의 거인이 허공에서 주먹을 맞부딪쳤다.

쾅! 쾅! 쾅!

폭음과 함께 대지가 진동하고 대기가 폭발했다.

"내가!"

바람의 거인이 발을 뻗었다. 하지만 바람은 불길에 더해질 뿐 아무런 타격을 주지 못했다. 하지만 바람의 거인은 멈추지 않았다.

"이 나라를 위해! 얼마나 힘썼는지! 너는 모른다!"

바람의 거인은 점점 더 거대해졌다. 4m, 5m……. 어지간한 건물은 내려다볼 정도까지 거대해진 바람의 거인이 불의 거인을 짓밟았다.

"세계를 지배하겠다는 것이 잘못된 생각인가! 억압 받던 세월을 돌려주겠다는 것이 그렇게 잘못된 생각이냐는 말이다!"

광기가 피어올랐다. 바람의 거인의 목소리가 A구역 전체에 울려 퍼졌다. 불의 거인은 그의 공격을 묵묵히 받아내며 바람의 거인을 갉아먹었다.

두 거인의 몸이 한 번 맞닿을 때마다 바람의 거인이 눈에 띄게 작아졌다. 반면에 불의 거인은 크기를 더해갔다.

마침내 두 거인의 크기가 비슷해졌을 때,

"복수할 힘을 이제야 가졌는데, 복수조차 하지 못하게 하겠다는 말이냐!"

바람의 거인이 공격을 멈추었다.

"다른 사람의 희망과 삶, 행복을 짓밟아가면서까지? 네가 그렇게 위한다던 국민들의 삶까지 네가 짓밟고 있다는 것은 어째서 모르는 것이지?"

바람의 거인은 찢어지는 듯한 목소리로 소리쳤다.

"그것은 대를 위한 소의 희생이다! 옳은 길을 깨닫지 못하는 우매한 것들을 계몽하기 위해서는 소의 희생이 필요한 때가 있는 것이다!"

현준은 고개를 가로저었다.

"과거의 망령에 사로잡혀 있군."

"말이 통하지 않는구나!"

바람의 거인이 소리를 지르며 주먹을 내뻗었다. 주먹이 불의 거인의 몸에 닿는 순간 압축된 공기가 터져 나가며 대기가 진동했다.

불의 거인의 몸이 순간적으로 흩어졌다가 재생성되었다.

"죽어라!"

"안타깝군."

로드, 그는 과거의 망령에 사로잡혀 자신의 목표밖에 보지 못하는 사람이었다. 얼마나 살아왔건, 어떤 경험에 의한 세월을 살아왔는지는 중요하지 않았다.

그저 자신의 목표를 위해 남의 행복을 해치고 짓밟는 것은 좌시할 수 없었다.

로드는 자신의 공격이 통하지 않는다는 것을 알면서도 계속해서 주먹을 내뻗었다. 불의 거인은 그의 공격을 모두 몸으로 받으며 천천히, 하지만 직선으로 그의 심장을 향해 주먹을 내뻗었다.

바람의 거인은 그것을 모르는지 자신의 공격만 계속할 뿐이다.

불의 거인의 손이 바람의 거인의 심장을 쥐었다.

아무것도 없는 공간이었지만 불의 거인의 손이 닿는 순간 무색의 구체가 생겨났다.

"크억……."

불의 거인은 손에 쥔 심장을 터뜨렸다.

그 순간 바람의 거인 또한 힘을 잃고 터져 나갔다.

거센 폭풍이 몰아치고 바람이 잦아들었을 때, 어둠의 조정자들의 우두머리이자 대한민국을 뒤에서 조정하던 남자가 쓰러졌다.

"나는… 죽을 수 없다…….."

그는 눈조차 깜빡이지 않으며 불의 거인을 노려보았다. 현준은 불의 기운을 심장으로 들였다. 그러자 원래의 모습으로 돌아온 현준이 로드의 앞에 섰다.

"왜 그렇게까지 하는 거지? 네 복수의 대상은 과거의 죗값을 치르고 죽었다. 그들의 나라조차 자연의 복수를 받아 물에 잠겨가고 있지. 그런데 무슨 복수를 더 한다는 건가?"

"내… 손으로……."

로드는 그렇게 뜬눈으로 생을 마감했다.

현준은 로드에게서 눈을 떼곤 옆에 서 있는 초 인공지능을 바라보았다.

"넌 어떻게 할 텐가?"

초 인공지능이 로드의 눈을 감겨주었다. 그리곤 현준의 앞에 서서 말했다.

"복수란 무슨 의미죠?"

"아무런 의미 없지."

아버지에 대한 복수.

그것으로 시작한 일이 드디어 종지부를 찍었다. 하지만 현준에게 남은 것은 허무함뿐이다.

로드 또한 다른 목표를 가진 인간이었고, 현준과 충돌하지 않았다면 그는 그의 목표대로 세계를 정복했을지도 모르는 일이다.

　그 과정에 수억, 혹은 수십억의 생명이 명을 달리했을 것이다.

　"잘했다."

　현준은 자신에게 말했다.

　이것은 잘한 일이었다.

　"나타샤."

　─예, 주인님.

　"메시아 쪽은 어때?"

　─사망자 하나 없이 모든 전투를 끝내고 주인님의 명령을 기다리고 있습니다.

　"알아서 처리하라 그래."

　─알겠습니다. 승리, 축하드립니다.

　현준은 힘없이 고개를 끄덕이곤 물었다.

　"나타샤."

　─예.

　"나, 잘한 거 맞지?"

　─예. 구전동화에나 나오는 영웅들처럼 악의 축을 물리치고 세상을 구하셨어요. 그뿐만 아니라 대한민국 전체의

치안을 책임지고 계시죠. 그것이 잘한 게 아니라면 뭐겠어요? 주인님은 조금 더 자신을 칭찬하고 아껴주실 필요가 있어요.

현준은 한숨을 내쉬었다.

"아린, 지금 어디 있다고?"

─C구역 센터 병원입니다.

현준은 병원으로 날아갔다.

아린은 환자복을 입고 눈을 감은 채로 잠에 들어 있었다. 현준은 아린의 옆에 놓인 의자에 앉아 아린의 손을 쥐었다.

인기척이 느껴졌는지 아린이 눈을 떴다.

"현준?"

"응."

"왔어?"

"응, 나 돌아왔어."

"잘했어."

아린의 미소가 현준의 입가에도 번졌다.

에필로그

1년 후.

현준이 침대에서 몸을 일으켰다. 그의 움직임에 잠이 깼는지 아린이 몸을 뒤척였다.

"좀 더 자."

부드러운 목소리와 함께 등을 두들겨 주자 아린이 '으음' 하는 소리와 함께 다시 잠들었다. 아린을 다시 재운 현준은 주방으로 나와 아침을 준비했다 부드러운 토스트와 계란, 그리고 베이컨이다.

음식을 준비해 둔 현준이 시계를 보았다.

7시.

아직 열 시간이나 남아 있다.

"아린, 일어나. 아린."

부드러운 손길에 아린이 눈을 떴다. 부스스한 모습으로 눈을 뜬 아린이 눈웃음을 지으며 현준의 목을 끌어안았다.

"더 잘래."

"안 돼. 오늘 중요한 날이잖아. 일찍 나가서 준비해야지."

아린은 그제야 오늘이 무슨 날인지 깨달은 듯 벌떡 일어났다.

"맞아. 준비해야 해."

현준은 바로 욕실로 들어가려는 아린을 붙잡아다 식탁에 앉혔다.

"일단 밥부터 먹고."

"응."

아린은 토스트를 하나 쥐고서 현준을 바라보았다. 그러자 현준이 물었다.

"왜?"

"좋아서."

"뭐가?"

"결혼식."

현준이 피식 웃자 아린이 반색하며 물었다.

"넌 안 좋아?"

"나도 좋지."

아린이 배시시 웃으며 토스트를 베어 물었다. 현준이 시계를 보며 말했다.

"식이 다섯 시니까 얼른 준비해."

"열 시간이나 남았는데 뭘 벌써 준비해."

"평생 한 번 있는 건데 후회 안 할 정도로 준비해야 하지 않겠어?"

"그건 그렇지. '현명한 주부가 살아가며 후회하지 않아야 할 것들' 이라는 책에서도 그렇게 말했어. 결혼식은 신중히 하라고."

현준은 관자놀이를 문질렀다. 저런 제목도 기억 못할 책들을 언제까지 읽을는지.

"아버님은 오신대?"

"응. 당연히 와야지. 사람들 많이 오려나?"

"초대를 별로 안 했는데 많이 오겠어? 우리 가족, 너희 가족, 그리고 아는 사람 몇이 전부지."

"난 많은 게 좋은데."

아린이 입술을 비죽 내밀었다.

그때 현준의 귀에 삐 하는 이명이 들렸다.

현준은 귀를 후비다 서늘한 기운이 들어 주변을 둘러보
았다.

"뭐해?"

"응? 아냐."

"얼른 먹고 준비하자."

식사를 마치고 얼추 준비를 마친 현준과 아린이 결혼식
장으로 향했다.

"왜 이렇게 차가 막혀?"

현준은 손가락으로 핸들을 두들기며 불만을 토했다. 결
혼식 네 시간 전에는 오라 하기에 여유 있게 출발했는데 늦
을 것 같다.

게다가 사고라도 났는지 결혼식장 근처로 가면 갈수록
차가 막혔다.

현준이 입술을 씹으며 말했다.

"차라리 뛰어갈까?"

일반인처럼 살기 위해 아린도 현준도 능력을 쓰지 않고
있긴 했지만 뛰는 것 정도야 하는 생각이 들었다. 아린 또
한 오랜만에 몸을 풀고 싶은지 미소를 지으며 대답했다.

"그래."

현준과 아린은 적당한 곳에 차를 세운 뒤 거리로 나와 몸
을 풀었다.

"하나, 둘, 셋!"

두 사람은 일반인은 생각도 하기 힘든 속도로 달렸다. 인도가 아닌 건물과 건물 사이를 달리던 아린과 현준이 같은 장소에서 발을 멈췄다.

"저게 뭐야?"

현준의 눈은 당황으로 가득 찼고, 아린의 눈은 기쁨으로 가득 찼다.

그들의 결혼식장으로 예정되어 있는 성당이 전에 왔을 때와 완벽히 달라져 있다. 성당이 아니라 반구형 돔이 되어 있고, 수많은 사람들이 좌석을 가득 메우고 있다.

"…여기 무슨 일 있나?"

그때,

—사용자여, 이것은 메시아의 선물이도다!

"야, 이 미친놈아!"

—하하하하하하하하하! 어서 들어오거라.

"이런 미친놈이……."

"호호!"

옆에서 대화를 듣고 있던 아린이 웃었다.

여기저기 결혼을 축하한다는 플래카드와 현수막이 걸려 있고 취재진 또한 장사진을 이루었다. 현준이 벌써부터 피곤해지는 뒷목을 꾹꾹 누르며 말했다.

"…너, 결혼식 끝나고 보자."

─하하하하하! 축하한다, 사용자여.

현준이 멍하니 있는 사이 아린이 그의 팔을 이끌었다. 결혼식장에 입구에 서는 순간 메시아와 나타샤가 나타나 현준과 아린의 등에 망토를 씌워주었다.

망토가 순간적으로 현준과 아린의 몸을 감쌌다가 풀어졌다. 그러자 현준과 아린이 턱시도와 드레스를 입고 있다.

여기저기서 팡파르가 터지며 누군가 말했다.

"신랑, 신부 입장!"

아린이 현준의 손을 꼭 쥐며 말했다.

"가자, 현준."

그제야 현준의 입가에 미소가 떠올랐다.

"그래."

『퍼펙트 로드』 완결

초대형 24시 만화방

신간 100%, 샤워실, 흡연실, 수면실(침대석), 커플석, 세탁기 완비

■ 강북 노원역점 ■

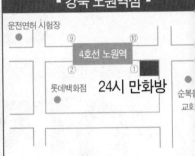

서울 노원구 상계동 340-6 노원역 1번 출구 앞 3층
02) 951-8324 (화용빌딩 3층)

■ 일산 정발산역점 ■

라페스타 E동 건너편 먹자골목 내 객잔건물 5층
031) 914-1957

■ 일산 화정역점 ■

경기도 고양시 덕양구 화정동 984번지 서일빌딩 7
031) 979-4874 (서일사우나 건물 7층)

■ 부천 역곡역점 ■

역곡남부역 기업은행 건물 3층
032) 665-5525

■ 부평역점 ■

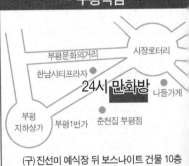

(구) 진선미 예식장 뒤 보스나이트 건물 10층
032) 522-2871

FUSION FANTASTIC STORY
말리브해적 장편소설
MLB
메이저리그
유료독자 누적 1200만!
행복해지고 싶은 이들을 위한 동화 같은 소설.
『MLB-메이저리그』
100마일의 강속구를 던지는
메이저리그의 전설적인 괴짜 투수 강삼열.
그가 펼치는 뜨거운 도전과 아름다운 이야기!
승리를 위해 외치는 소리-
"파워업!"
그라운드에 파워업이 울려 퍼질 때,
전설이 시작된다!
Book Publishing CHUNGEORAM
WWW.chungeoram.com

이경영 판타지 장편소설

FANTASY FRONTIER SPIRIT

그라니트

용들의 땅

G R A N I T E

사고로 위장된 사건에 의해 동료를 모두 잃고 서로를 만나게 된 '치프'와 '데스디아'.
사건의 이면에 상식을 벗어난 음모가 있음을 알게 된 둘은
동료들의 죽음을 가슴에 새긴 채 각자의 고향으로 돌아간다.
2년 후, 뜻하지 않게 다시 만난 두 사람은 동료들의 복수를 위해
개척용역회사 '그라니트 용역'을 설립해 다시금 그 땅을 찾게 되는데……

용들이 지배하는 땅 그라니트!
그곳에서 펼쳐지는 고대로부터 이어지는 운명적 만남,
깊어지는 오해, 그리고 채워지는 상처.

『가즈 나이트』시리즈 이경영 작가의 미래형 판타지 신작!

Book Publishing CHUNGEORAM

유행이 아닌 자유추구 -
WWW.chungeoram.com